Tout commence avec toi

Éditions Favre SA
29, rue de Bourg
CH-1003 Lausanne
Tél. : (+41) 021 312 17 17
lausanne@editionsfavre.com
www.editionsfavre.com

Groupe Libella

Dépôt légal en mai 2024.

Mise en pages couverture : Iuna Allioux
Photo de couverture : Alamy
Mise en pages : Lemuri-Concept

ISBN : 978-2-8289-2171-2

Les Éditions Favre bénéficient d'un soutien structurel
de l'Office fédéral de la culture pour les années 2021-2024.

Esther Rotenberg

Tout commence avec toi

FAVRE

À Florina et à Lui

« Je n'étais pas destiné au réel
mais la vie a bien voulu venir à ma rencontre »

Fernando Pessoa

1

Il lui aura fallu attendre ses deux ans et dix mois pour connaître la joie d'avoir un jouet rien que pour elle. De même pour avoir le droit de dire maman à ce visage qui lui sourit et de se précipiter dans ces bras qui ne s'ouvrent qu'à son attention. Jusqu'à présent, elle a dû tout partager, voire même tout arracher pour qu'on ne lui reprenne pas immédiatement ce qu'à hauteur de vue devait lui revenir, des objets comme des caresses.

Elles ont pourtant fait de leur mieux ces femmes qui se sont occupées d'elle depuis sa naissance et son placement dans cet orphelinat, mais elles n'ont pu que diviser en plusieurs dizaines ce peu qu'elles avaient à répartir. Or une mère ne divise pas ; une mère ça multiplie, les gestes comme les baisers, les serments comme les promesses.

Évidemment, elle ne se rappellera pas plus tard en combien la division s'est faite au quotidien, ni si elle a dû renoncer à sa part, faute de quantité suffisante. Le temps n'est pas comptable de ce genre de frustration. Il ne lui restera qu'une vague impression d'avoir dû, à un âge où tout nous est donné, s'emparer plutôt que prendre, se ruer plutôt qu'attendre, de peur de laisser passer son tour.

Alors elle a bien raison de chanter à tue-tête ou plutôt de s'époumoner sur ce jouet mobile qui lui a été présenté comme une évidence sitôt qu'elle est entrée dans cet appartement, et non pas comme une récompense distribuée avec parcimonie dont il faut prendre soin car il doit aussi servir à d'autres.

De même que dans cette chambre, sa chambre désormais, cernée par une frise de papillons mauves, l'attendent plein de belles surprises dans des boîtes de toutes les tailles et de toutes les couleurs destinées à son usage unique et qu'elle n'a pas encore eu le temps de découvrir.

Il s'est passé tant de choses étranges ces derniers jours, depuis que cette dame qu'on lui a demandé il y a un an environ d'appeler maman et qui est depuis venue tous les mois la voir, est enfin revenue la chercher.

Elle lui a passé de beaux vêtements de son choix en ponctuant chaque action par des baisers rouge vif et en s'exprimant dans une langue qu'elle ne comprenait pas. Mais ce n'est pas très grave, parce que hormis quelques syllabes, ses mots à elle n'ont pas d'autre sens que celui qu'elle leur donne. Alors elle peut bien en moissonner d'autres avec des sonorités différentes. De toute façon elle n'a pas de véritable routine qui associerait un mot à une situation ou à un objet. Elle a dû tant changer d'endroits, s'habituer à de multiples visages jusqu'à son placement dans cette famille d'accueil avant que cette belle dame parfumée à ces jus du désir, qui rit et pleure à la fois dans le salon de ce grand appartement parisien, ait eu le droit de la ramener avec elle et n'obtienne son jugement définitif d'adoption plénière.

Ce qu'elle comprend vite, c'est qu'elle est désormais arrivée à sa destination finale et que cette fois, on ne la déplacera pas ailleurs, en tout cas pas sans eux qui sont venus aussi l'attendre à l'aéroport, cette nouvelle grand-mère au regard doux et à la voix si bienveillante et ce grand-père tout neuf dont elle a arraché, aussitôt dans ses bras, les lunettes et la casquette comme pour le voir tel qu'il est réellement, ému et plein de tendresse.

La vie parisienne de Roxana commence donc bruyamment dans ce couloir reliant sa nouvelle chambre au salon, juchée sur une camionnette en plastique rouge qu'elle a enfourchée quelques heures à peine après son arrivée à Roissy, en avançant avec ses pieds sur les tomettes hexagonales de terre cuite qui donnent à son déplacement l'impression sonore du passage d'une charrette à quatre roues en bois.

Ils sont à présent tous réunis autour de la table basse où sont disposées des coupes de champagne et se congratulent de sa présence en trinquant à la vie et à ses merveilles alors qu'elle va et vient en allers-retours incessants dans le couloir comme pour mieux mettre en scène son entrée dans le salon. Elle a fini par abandonner son camion pour les rejoindre, et pour savourer d'être le centre de leur intérêt.

C'est son grand moment à elle qu'elle préface d'un « et voilà » en se précipitant sur la table basse pour s'emparer à pleines mains de biscuits qu'elle fourgue dans sa bouche avant d'en recracher la moitié. Elle regarde autour d'elle, soudain effrayée par les réactions à venir et vite rassurée par les éclats de tendresse pleins de gaieté qui fusent ici ou là. Aucune voix ne s'élève pour la remettre à sa place, celle qui consiste précisément à lui faire sentir qu'elle n'en a pas de réellement attribuée et qui fait d'elle un être flottant. « Et voilà », la seule expression qu'elle a retenue, prononcée à intervalle régulier et qui ponctue chaque action de cette dame que tous appellent Judith. « Et voilà » après l'avoir douchée, « et voilà » après l'avoir habillée, « et voilà » après avoir passé la douane sous le regard de ce fonctionnaire massif, « et voilà » après avoir attaché sa ceinture dans l'avion qui l'a emportée vers son nouveau destin. Ce « et voilà » semble donc le sésame annonciateur de tout le reste sans lequel rien ne peut se faire. Il est un monde à part entière, une proposition de vie où tout est en ordre et où chacun peut tenir son rôle.

On la fait passer de bras en bras en l'aspergeant de champagne et on lui en donne même quelques gouttes à boire. Elle rit de voir tout le monde rire et si elle ne sait pas exactement pourquoi, elle n'est pas sûre qu'ils le savent davantage. Elle reçoit chaque baiser comme un rituel de passage qui participe de ce baptême par immersion totale dans l'amour qui lui octroie une nouvelle naissance et la déconnecte à jamais de sa date et du lieu apposés sur sa fiche d'état civil. L'une et l'autre sont désormais sans réalité pour la définir. Tout commence avec eux dans ce salon, à cet instant-là, sans que rien de ce qui l'a précédé puisse à présent lui servir.

2

Quelque temps plus tôt

L'adoption, bien sûr qu'elle y pense sans l'avoir jamais formulé complètement, du moins auprès de ses amies. Elle en a pourtant testé le principe sur sa mère pour voir si elle devrait faire face à une opposition frontale en cas de passage à l'acte.

« Pourquoi pas ? l'a-t-elle rassurée, mais c'est un peu dommage car tu pourrais aussi en faire un.

– Mais avec qui, maman ? »

Il est vrai que lorsqu'elle a évoqué cette possibilité, elle n'était pas dans une relation stable et que sa mère a convenu avec elle qu'on ne concevait pas un enfant dans une zone de transit. Elle sait qu'elle peut compter sur son esprit plein de sagesse et que ses conseils ne sont pas dictés par des convenances sociales mais par ce qui lui paraît le mieux adapté à sa situation.

Elles s'amusent souvent toutes les deux du regard qu'elles portent mutuellement sur leurs vies.

« Tu vois ma chérie, je détesterais avoir ta vie », lui dit-elle quelquefois sans jugement et sans la plaindre car elle sait que c'est une vie qui lui ressemble.

Ce à quoi, Judith répond inlassablement :

« Et moi la tienne, maman, même si je trouve papa merveilleux. »

Et la conversation se termine en éclats de rire, chacune heureuse secrètement d'avoir à rester à sa place et à ne pas se retrouver dans la peau de l'autre. Judith admire pourtant ce couple d'irréductibles paré pour tous les climats, résistant à toutes les modes, ces siamois à l'admiration intégrée qui les irrigue, elle et son frère, de leur amour à débit constant. Elle peut partir et revenir, ne pas donner de nouvelles pendant plusieurs jours de suite, se montrer triste ou gaie, agacée ou câline, ils restent toujours accueillants. Ils sont sa piste de décollage et d'atterrissage, sa nacelle au long cours qui la ramène inlassablement vers eux quels que soient les vents contraires.

Alors ce «pourquoi pas» en signe de pré-bénédiction à cette idée d'adopter prend de plus en plus de place dans sa réflexion. Si l'idée ne heurte pas sa mère, il y aura peu de chance qu'elle contrarie davantage son père qui s'en remet toujours au bon sens de son épouse pour savoir si un désir formulé par un de leurs enfants peut espérer prétendre à une réalité.

Ils ont déjà accepté tant de choses pour lesquels ils n'étaient pas a priori préparés. Comme le souhait de Judith de devenir comédienne qui avait contraint son père à l'accompagner trois fois par semaine dans ce cours de théâtre renommé pour ne pas se voir taxer de briseur de rêves. Et la volonté de son frère François, sitôt son diplôme d'ingénieur encadré au-dessus de son bureau, de partir vivre dans le Nouveau Monde, comme il le leur avait présenté. Et leur mère qui, malgré son chagrin, avait considéré qu'il y aurait sûrement un destin plus grand. Le père avait dû s'incliner devant ce «pourquoi pas» qui rendait tout projet acceptable.

Jusque-là, Judith a considéré avec scepticisme ce que les autres femmes ont construit, leurs unions comme leurs maternités multirécidivistes. A priori elle n'a pas besoin fondamentalement de ces petites parts d'éternité qu'on s'octroie sur l'avenir. Mais au lieu de douter de ses choix, c'est de son âge dont elle n'est pas si sûre. Il faut dire qu'à presque quarante ans, elle n'a toujours pas trouvé le père idéal pour envisager un enfant commun. Beaucoup de ses amies non plus, mais au moins elles ont eu la sagesse de se trouver des alibis raisonnables qu'elles ont fini par épouser. Or elle considère – sans doute à tort vu l'opinion dominante sur le sujet – qu'un alibi ne peut pas remplir convenablement une fonction paternelle. D'ailleurs, elle n'a pas davantage de vaisselle, de crédit ou d'espace en commun. Tout lui est propre, son territoire comme ses rêves.

Mais précisément si sa vie va plutôt bien, force est de constater que ce sont eux qui vont mal. Ils ne la laissent pas en paix. Elle a beau les diviser pour les empêcher de régner, les traiter d'irréalistes et d'arrogants, ils prolifèrent à outrance dans son esprit et refusent de s'assagir. Ils la narguent, la bercent d'illusions, se renforcent jusqu'à se coaliser pour lui montrer qu'ils sont les plus forts et qu'ils sont naturellement résilients. Rien ne les décourage pour vivre leur vie en toute indépendance.

C'est sûrement à ce moment précis qu'on décrète qu'on est malheureux. D'autres appellent cela de la maturité: la prise de conscience d'une voie à emprunter d'urgence si on ne veut pas risquer de suivre une autre vie que la sienne.

3

Judith vient juste de rentrer. La journée n'a pas tenu ses promesses. Elle s'est engoncée au fil des heures dans une mauvaise humeur irréversible avec en point d'orgue cet appel téléphonique d'un confrère lui faisant part du souhait d'un client de le voir intervenir à ses côtés. Malgré ses formules courtoises pleines d'amortis, elle a parfaitement ressenti sa volonté de la placer sous tutelle avant sûrement d'en désavouer ostensiblement ses stratégies. Puis s'est ajoutée cette décision d'une juridiction de province qui a failli lui donner raison si elle avait pu en arrêter la lecture quelques paragraphes avant la fin. Décidément, ce métier d'avocate la frustre autant qu'il la défie. Il ne lui laisse que très peu de temps pour se réjouir avant qu'une contrariété vienne se substituer à toute joie éphémère.

Elle se tient à présent dans sa cuisine, hésitant à plonger dans l'eau bouillante un sachet mi-cuit de quinoa ou un riz basmati parfumé prêt en trois minutes, pour se débarrasser de la séquence repas en écoutant distraitement la télévision qui diffuse une émission sur la maternité.

Elle regarde de loin, accoudée sur l'îlot central qui lui permet de jeter des coups d'œil furtif sur l'écran tout en surveillant le sachet récalcitrant qui se révolte et remonte à la surface. Elle entend vaguement ces femmes raconter leurs tentatives désespérées pour être enceintes, tandis qu'elle maintient avec sauvagerie le sachet sous l'eau. La présentatrice, juchée sur un tabouret de bar, fiches en main, pantalon de cuir et talons stiletto qu'elle fait tourner en changeant de sens giratoire après chaque question sur leurs trompes de Fallope, les interroge à tour de rôle pour comprendre pourquoi ni le trèfle violet, ni la consommation régulière de poivrons-brocolis-oméga 3 n'ont fonctionné pour combattre leur infertilité.

Puis, après quelques silences gênés et des gros plans sur leurs regards embués, elle pose la question décisive dont elle oublie de faire précéder l'annonce par les trois coups de brigadier réglementaires qui leur auraient laissé un peu de répit :

« Avez-vous eu conscience, madame, d'avoir laissé filer le temps ? »

Cette fois, Judith abandonne son eau à ses gros bouillons pour se concentrer pleinement sur l'émission. Elle contourne l'espace cuisine et se laisse choir sur le canapé en s'entendant répondre à la place de l'invitée :

Bien sûr, et tu crois que j'ai attendu ta question ? Mais qui es-tu toi qui n'as même pas trente ans et déjà deux enfants, pour me juger du haut de tes escarpins que tu agites continuellement comme une aide à penser, avec tes questions pitoyables en main qu'une assistante t'a préparées et ton air faussement empathique ?

Une voix étranglée répond en racontant ses stimulations ovariennes à répétition, les injections d'hormones qui lui ont fait prendre du poids et le recueil des ovocytes prometteurs jusqu'à leur fécondation qui a tourné court.

Mais le pire, finit-elle par avouer, ce ne sont pas ces étapes obligatoires, non le pire, « voyez-vous Valérie, c'est l'espoir qui m'anime à chaque fois ».

« Ah très intéressant, vous voulez bien nous en dire plus Sophia ? » répond la Valérie, tout excitée d'avoir mis le doigt sur du désespoir en direct à une heure de *prime time* juste avant le journal télévisé.

Pas sûr qu'elle s'appelle vraiment Sophia mais cela doit être son seul mensonge. Pour tout le reste, on peut la croire sur parole. Ou plutôt on peut croire ses yeux fatigués quand elle dit avoir tenté à plusieurs reprises la fécondation miraculeuse jusqu'à la rupture de son couple.

« L'espoir cette tragédie » comme l'a si bien proclamé Shalom Auslander, conscient que le problème ne se situe jamais au niveau des rêves. On les sait hors de portée. Non, le malentendu réside bien dans cet espoir provocateur qu'on agite comme un hochet pour faire patienter ceux qui le saisissent en faisant tinter ses promesses euphorisantes.

Sophia parle d'ailleurs si bien de ses déceptions à répétition avec des mots si simples que Judith voudrait l'inviter à dîner et partager son sachet express pour la dissuader de recommencer une nouvelle tentative d'espoir.

Car il y va de l'espoir comme du suicide, ceux qui ont essayé une fois ne peuvent s'empêcher de récidiver.

Elle la conseillerait, comme elle le fait avec ses clientes les plus fragiles, de ne plus se tenir aux aguets en attente du merveilleux alors que nous sommes programmés pour le tragique. Elle lui enseignerait l'art de l'évitement, comme ultime sagesse, et la pratique d'un pessimisme en quête d'un démenti comme seule proposition raisonnable et pragmatique.

Le démenti est là qui se tient assise à côté de Sophia et trépigne de livrer son témoignage. Annabel, chevelure d'un blond 100% végétal au large sourire gingival, a eu plus de succès puisqu'elle indique triomphante que le procédé a marché dès le premier essai. L'écran se fige à présent sur des triplets alignés en mode de preuve dans un berceau, auxquels elle consacre avec enthousiasme tous ses jours et toutes ses nuits. Le public applaudit pour saluer l'exploit. Rien à dire sur le bonheur. Il vaut rarement la peine qu'on s'y attarde.

Judith a maintenant complètement oublié de retirer le sachet de riz pour se laisser happer par une mère célibataire qui explique qu'elle est une « maman-papa », du deux en un, comme du shampoing, précise-t-elle en riant. Elle parle de sa culpabilité à assumer tous les rôles, ce que Valérie juge très instructif en continuant à faire le tourniquet avec ses pieds. Il y a bien quelqu'un en régie qui va lui intimer dans l'oreillette l'ordre d'arrêter et de stabiliser ses terminaisons !

Le bandeau sur l'écran annonce que le père a accepté de témoigner en caméra cachée. On le voit donc de dos, avec une voix déguisée qui donne à sa confession une allure de gimmick qui fait qu'on ne le prend pas au sérieux quand il dit qu'il s'occupe très bien de son fils. On dirait Jacques Dynam lorsqu'il prête sa voix à Jerry Lewis. Dommage, Judith était prête à le réhabiliter sachant aussi combien dans les séparations, le rôle des pères est souvent injustement dénigré. Elle se flatte d'ailleurs de ne pas être une de ces avocates féministes, complice de l'émasculation de la moitié de la race humaine. Elle veut laisser aux ex-maris toute leur chance de démontrer à leur tour qu'ils sont tout aussi capables de mal faire et qu'il n'y a pas de monopole du pire. Il n'y a que des gens qui tentent de vivre et la tentative n'a pas de sexe.

L'eau s'est largement évaporée et l'odeur de brûlé qui se dégage de la casserole lui suggère d'éteindre la télévision. La dernière invitée l'en dissuade toutefois. Elle a la tenue et la parole sobre qui persuade quand elle parle de ce fils de cinq ans qu'elle a adopté et qui vient des Carpates. Son visage s'anime quand elle décrit comment ils apprennent chaque jour à se connaître et leur alchimie traverse l'écran plat et réverbère sa chaleur dans toute la pièce.

Zoom sur son quotidien avec ce petit garçon que l'on voit barboter dans une baignoire pleine de canards en plastique. Judith sourit en pensant qu'elle en a un tiroir plein pour les quelques fois où un enfant de passage échoue dans sa salle de bain. Elle est heureuse de constater qu'elle a déjà des bons réflexes puisqu'a priori elle a les bons canards.

L'enfant rit aux éclats quand il dit « ocolat » car il n'arrive pas à prononcer les « ch » que sa mère lui répète pourtant avec douceur et patience. Elle assure que c'est le seul problème qu'elle rencontre dans son apprentissage du langage.

« On doit survivre à ça non ? » dit à haute voix Judith en découpant le sachet de riz bouillant et carbonisé. Un monde avec des « evaux et des ocolats » est sûrement tout aussi vivable qu'un monde avec des « chevaux et des chocolats ». La réalité qui lui saute au cœur est qu'ils ont l'air simplement heureux lui et sa mère. Sans joie obligatoire ni tendresse forcée. Leur bonheur n'a pas besoin d'être théâtral pour être spectaculaire.

Le riz est immangeable. Ce n'est pas grave, elle n'a plus faim. Elle a juste envie de se tenir sur un coin de tabouret au milieu de cet appartement sans chichis comme eux, pour observer ce lien indéfectible qui se tisse sous ses yeux. Elle s'endort avec leurs phrases plein la tête et les images de cet enfant dans sa baignoire qui parle à ses canards sous l'évidence du regard de cette mère et sa certitude d'agir selon sa vérité. Elle en a oublié de dîner. Décidément, « tel qui vit d'espoir meurt à jeun[1] ».

1. Benjamin Franklin.

4

Olga arrive la première. C'est elle qui a tout organisé pour l'anniversaire de Judith avec la complicité de Béa et Laurence, ses deux autres meilleures amies. Quarante ans, cela ne doit pas passer inaperçu. Si elle avait pu choisir, elle n'aurait sûrement rien prévu. Elle aurait dit « cela m'est égal » en haussant les épaules pour en dénoncer l'insignifiance alors même qu'elle y pense depuis des semaines. Avoir cet âge quelque temps avant l'an 2000, avec un compte à rebours lumineux qui s'affiche sur la Tour Eiffel et qui souligne le temps qui reste avant l'apocalypse, ça donne le vertige.

Elle se prépare pour les rejoindre avec pour objectif de ne pas les décevoir. Elles ont pris l'habitude d'estampiller chacun de ses gestes d'un label de qualité nettement surévalué. Rien n'est jugé hors de sa portée alors qu'elle-même s'attribue une note dégradée de moyenne générale.

Il y a bien des domaines où elle excelle, comme la prise de parole qu'elle aime théâtraliser et dont elle a fait son métier en devenant avocate. Elle a finalement renoncé à être comédienne pour ne pas passer sa vie à attendre le coup de fil décisif. Avocate, c'est plus sûr, elle sera moins dépendante et pourra rester maître de son texte. De là à idéaliser ce métier...

Elle sait pourtant mieux que quiconque qu'elle souffre du syndrome de l'imposteur et ce n'est pas le regard emphatique de ses amies qui vont la priver de cette lucidité.

Une fois de plus, elle saura les faire rire en racontant avec une dérision exagérée les travers des comportements auxquels sa profession l'expose. Elle enjolivera aussi son rôle décisif dans certains dossiers où la décision ne pouvait pas être différente, quels que soient les arguments invoqués. Mais cela, elle ne le dira pas. Comme elle taira aussi les longues heures à tromper l'ennui en attendant sagement son tour, rivée à son banc d'écolier, pour quelques minutes accordées avec lassitude par un magistrat pressé d'en finir. Difficile de trouver dans ces errances judiciaires régulières des sources d'extase.

À présent, elle va être en retard. Olga lui a fait promettre d'être au restaurant à 20 heures précises. Elle croit sûrement qu'elle n'a pas compris qu'elles seraient bien présentes toutes les trois. Il va falloir qu'elle feigne la surprise quand elle verra aussi Béatrice et Laurence.

Dernier coup d'œil au miroir de la salle de bain et à la porte vitrée du four micro-onde qui l'alerte d'un léger relâchement des muscles profonds au niveau du ventre. Quelques séances d'abdos-fessiers supplémentaires sont à inscrire d'urgence à l'agenda. Promis, mais pour l'instant le vêtement qui comprime et gaine son estomac peut encore faire l'affaire. Elle abuse du vert qu'elle décline à tous les étages, du chemisier vert bouteille au pantalon vert olive jusqu'aux mocassins en nubuck vert foncé. Elles vont sûrement encore lui en faire la remarque. Elle concède bien parfois au noir quelque volupté mais sans sacrifier une touche verte dissimulée dans un accessoire. Sa chevelure auburn lui sait gré de cette prévoyance.

Elle enfile un blazer à imprimé géométrique, prend les clés de sa Mini et claque enfin la porte en ayant vérifié d'avoir bien branché son répondeur car il ne l'a pas encore appelée pour lui souhaiter son anniversaire. Pourtant il ne peut pas l'avoir oublié. C'est lui-même qui le lui a fait remarquer qu'elle était née un 14 juin, le jour de la bataille de Friedland, un jour de victoire décisive pour les troupes de l'empereur. Il lui a même rappelé toutes les forces en présence en lui déclarant d'un ton solennel que quelqu'un qui a eu la chance de naître un jour aussi brillant est forcément béni des dieux.

Elle se dit que les dieux ont sûrement plus de mémoire que lui puisqu'il est déjà 20 heures et qu'il ne s'est toujours pas manifesté. Mais contrairement à Napoléon, ses replis n'ont rien de stratégique. Il préfère ostensiblement abandonner le terrain. Elle ne sait pas trop quoi en penser. Un anniversaire, c'est sûrement trop personnel pour ce genre d'homme alors que la relation ne date que de quelques mois.

Heureusement, elles sont bien là à l'attendre ces indéfectibles de l'amitié à feuillage persistant, quelles que soient les saisons. À peine a-t-elle le temps de s'approcher de la table qu'elles ont déjà soulevé leur coupe de champagne en lui tendant la sienne qu'elle boit les yeux embués sans trop savoir pourquoi, si c'est à leur infaillibilité ou aux forces occultes de la nostalgie qu'elle doit cette montée de larmes.

« Merci les filles d'être là pour moi ce soir. *I really appreciate.* »

Plus facile de se distancier d'une émotion dans une autre langue.

« Comment as-tu fait pour être aussi discrète Olga? » se croit-elle obligée de rajouter alors qu'il est évident qu'elle n'avait pas de doute sur la présence de chacune d'entre elles à ce dîner.

D'ailleurs, c'est même devenu un rituel presque institutionnalisé que de célébrer tour à tour leurs anniversaires. Il y a même eu une période où elles en profitaient pour organiser un week-end quelque part, mais depuis qu'elles ont contracté une dette de maternité, elles n'osent plus trop s'éloigner pour ne pas paraître ingrates.

Judith a accepté ces renoncements inéluctables sans y voir une trahison, même si elle pense qu'elle saurait mieux résister à la culpabilité si elle était à leur place.

Mais précisément, elle n'est qu'à la sienne, sans contrainte apparente ni dilemme intérieur. Elle n'a aucune opposition à vaincre ni de prétexte englué à fournir. Et c'est ce qui la rend si intéressante aux yeux de ses amies et si décalée, selon son propre jugement.

Inadaptée aux normes en vigueur, aux relations homme-femme dans leurs attentes habituelles, au style vestimentaire contemporain en ce qu'il suit des modes, aux rollers qui s'illusionnent de vitesse, aux chaussures pointues qui contrarient la voûte plantaire, aux manipulations biologiques qui trompent la nature et plus généralement à ce que tout le monde a tendance à trouver génial. Une éternelle décalée à la recherche d'un savoir perdu ; une vieille âme à cheval entre plusieurs siècles et plusieurs pays, qui attend toujours qu'une calèche vienne la prendre pour remonter les Champs-Élysées du temps où ils étaient la plus belle avenue du monde.

Le mot juste dépend parfois d'une situation fausse. Or ce qui lui apparaît comme une évidence est le diagnostic de plombier qu'elle a établi sur sa vie : tout lui paraît bouché. Pourtant, vu par un observateur étranger et objectif, tout va plutôt bien ou rien ne va vraiment mal. Le bonheur ne doit-il pas se définir simplement par l'absence du pire ? Mais les situations privées sont comme les crises internationales, toujours prêtes à dégénérer au moindre prétexte. Entourée de ses meilleures amies, elle fait donc attention à n'aborder aucun sujet vraiment sérieux et se laisse porter par leur joie sincère et l'innocence affichée de leurs propos.

D'habitude, il y en a toujours une pour l'exhorter à faire un enfant « avant qu'il ne soit trop tard » et à rejoindre au plus vite le camp des fourmis prévoyantes qui ont dans leur garde-manger tout ce qui permet de corrompre la solitude présente et future.

« Tu comprends bien que les enfants, c'est une garantie que tu prends sur l'avenir, lui a encore redit Béatrice lors de leur dernière conversation téléphonique.

– Ce n'est pas de la compagnie que je recherche mais un partage d'émotions et d'intérêts. Et d'ailleurs, même seule je ne m'ennuie jamais.

– Mais comme nous toutes, qu'est-ce que tu crois, et ce n'est pas incompatible avec le fait d'élever des enfants. »

« Bien sûr » a été sa seule concession faite juste avant de raccrocher alors qu'elle aurait volontiers plutôt calculé le ratio du nombre d'heures passées dans une journée à s'occuper d'intendance, rapporté au nombre de pages qu'on peut lire à la place, pour évaluer le capital-temps déprécié.

« Bon, tu sais bien que je ne veux pas me mêler de ta vie, avait fini par conclure Béa, lui assurant que ses remarques n'avaient pour seule finalité que de l'alerter. Tu as conscience d'avoir tout pour toi », j'espère, avait-elle posé en diagnostic final.

Imparable argument et plutôt flatteur en prime, même s'il est malaisé de savoir à quel moment et sur quels critères on décrète que quelqu'un a tout pour lui, ni ce qu'inclut exactement ce « tout », mais cela avait permis de clore le débat par une note optimiste.

5

« Alors, rien de nouveau ? » Cela étonne Judith mais cette fois-ci c'est Laurence qui ouvre le bal. Elle est en général très douce et peu encline à l'audace et encore moins à la polémique. Mais à cet air malicieux qu'elle a pris en posant cette question, il est évident qu'elles se sont réparti préalablement les rôles.

Béa prend un air faussement détaché comme si elle n'y était pour rien alors qu'en bonne statisticienne de formation, elle est déjà prête à croiser les informations avec sa base de données et à les interpréter. D'ailleurs, elle n'interroge pas, elle collecte. Judith a beau admirer sa rationalité qui lui permet d'être efficace, elle s'agace de l'entendre l'appliquer aussi à sa sphère intime comme à sa vie sociale. Chaque rencontre donne lieu à une mise en fiche qui devra produire un rendement à un moment donné. Tout cela d'une façon totalement inconsciente bien sûr. Elle protesterait avec véhémence si elle lui en faisait la remarque. Pourtant, chaque carte de visite donne lieu à une exploitation maximale et doit engendrer d'autres contacts.

Judith a au contraire le sentiment d'une absence totale de planification. Toutes ses actions ne sont qu'un mélange d'intuitions et de rires à saisir sur le vif. Difficile d'intégrer des calculs dans ce logiciel. Elle ne peut même pas travailler pour des clients qu'elle n'apprécie pas. La dernière fois qu'elle s'est forcée, même son courrier n'est pas arrivé, comme si la boîte aux lettres l'avait aspiré en signe de protestation.

« À part ma tenue de ce soir, rien de nouveau en effet.

– Comme d'hab, tu t'es habillée en vert, constate Béa en faisant la moue.

– Non mais elle a raison, ça lui va tellement bien, approuve Laurence.

– Surtout que le vert représente l'équilibre, la nature et la renaissance », commente Olga.

C'est une vraie bienveillante, toujours prête à passer un baume pacificateur et à gratifier l'autre d'un esprit romanesque qu'il n'a pas forcément. Elle a le visage serein des pythies qui annoncent que le monde va continuer. On a envie de la croire. Judith n'a pas toujours le courage de démentir les instants pleins de passion dont ses amies enjolivent sa vie lorsqu'elle les laisse raconter ce qu'elles croient percevoir d'elle. Elle se sent prise au piège d'un système de vantardise inversée qui fait que plus elle exhibe ses dénuements, plus ses proches n'y voient qu'un déni de réalité. C'est la prime accordée à une vie de célibataire qui est forcément beaucoup plus palpitante que la leur. Elle n'a jamais été mariée ni vécu en couple, ce qui la situe dans un courant ultra minoritaire. Changement d'époque et de paradigme qui fait du divorce un marqueur de norme sociale. Pourtant, si elles savaient ces bonnes fées penchées sur elle comme sur une table à disséquer, combien elle se sent si souvent seule, blottie contre ses livres comme une valeur refuge à qui confier son existence et dans lesquels elle puise des mots consolateurs.

Elle lève la coupe de champagne que Laurence vient de lui tendre :

« Buvons à la renaissance donc puisque ma couleur préférée nous y invite. »

Olga et Béa l'imitent, seule Laurence fait le geste avec sa main de soulever un verre imaginaire.

« Mais tu ne bois pas ? s'étonne Judith sans vraiment attendre de réponse, plongée dans le menu dont l'épaisseur permet de ne pas rentrer immédiatement dans le vif des sujets épineux. Elle semble décider à en parcourir toutes les pages, ce qui agace Béa qui ne tarde pas à réagir.

– Bon de toute façon, tu vas prendre un nasi goreng comme d'habitude avec des raviolis à la vapeur. Alors je ne sais pas pourquoi tu regardes toute la carte.

– Voilà ce que c'est que d'avoir toute la journée la tête dans les probabilités. »

Et pour bien lui montrer la faillibilité du système, elle s'empresse de commander une salade ananas-crevette et un poulet aux noix de cajou.

Laurence vole à son secours et commande les fameux raviolis qu'elle propose de partager en attendant le plat principal.

Elle aussi est plutôt une pacificatrice dont le jugement slalome entre les points de vue de ses divers interlocuteurs en évitant de se prendre les portes. Elle n'aime pas affirmer au risque de blesser et est toujours prête à se rétracter. Elle reprend pourtant contre toute attente son interrogatoire.

« Alors ce voyage en Italie avec ton chéri, c'est pour bientôt ? »

Il n'a le droit qu'à une appellation générique, sûrement pour ne pas donner une consistance à une relation dont on ne sait pas vraiment si elle est solidement amarrée ou si, comme les précédentes, elle est condamnée à dériver. Judith ne se souvient pas toutefois avoir mentionné ce projet de voyage.

Sûrement qu'elle a dû à un moment se sentir acculée à la confidence et obligée de signer un « bon pour rêver » en livrant quelques détails. Cette façon spécifique qu'elle a de distiller des éléments de réalité au milieu d'indices invérifiables est la source des malentendus qu'elle génère, mais cela la rassure que personne ne puisse savoir exactement ce qu'elle fait ni ce qui l'habite réellement.

Pour l'heure, elle sent bien que ses amies la testent encore avec prudence.

Elles ne s'aventurent jamais d'emblée en eaux profondes sachant qu'elle peut très vite regagner la rive et les laisser continuer à barboter toutes seules.

Devant leur air joyeux et conciliant, elle décide dès la première gorgée de thé au jasmin de troquer quelques informations banales contre une bouchée de raviolis à la vapeur.

« Si tu veux tout savoir, on est déjà partis, dit-elle en coinçant ses baguettes dans le premier étage du panier en bambou.

– Ah ? Je croyais que c'était pour le faire coïncider avec la semaine de ton anniversaire, commente Béa.

– Eh non ! Tu as sorti la mauvaise fiche, reprend Judith en pensant que ce n'est pas le genre d'homme à synchroniser quoi que ce soit à part ses propres désirs. Et il détesterait tout acte à portée symbolique.

– Alors ça s'est bien passé ? avance prudemment Olga.

– Oui, très bien. »

Elle exfiltre en même temps un dimsum du second étage du panier.

« Et il ne te parle de rien ? reprend Béa. Enfin je veux dire de rien de précis ?

– Non, effectivement, il me raconte simplement le monde, enfin tel qu'il le perçoit. Donc rien de précis. »

Elle sourit en repensant aux conversations passionnantes qui les animent à n'importe quelle heure, lors de réveils nocturnes ou de déambulations dans un musée où il lui fait signe de s'asseoir sur le banc à côté de lui pour lui faire part d'événements auxquels il a participé pendant ces années où il était en charge de gros projets pour une organisation internationale qui lui faisait considérer la planète comme un immense terrain de jeu. Là, il fallait construire un pont pour relier Bahreïn à l'Arabie saoudite, ailleurs, il devait s'intéresser à l'époque de la floraison des bambous autour du golfe du Bengale et à ses conséquences sur la population locale.

Difficile d'expliquer à ces trois amies, qui veulent être renseignées sur les développements possibles de cette relation, qu'il ne lui parle ni d'avenir ni de tous ces sujets habituels qui font les conversations courantes entre deux êtres qui se fréquentent. Il préfère la propulser en quelques phrases au milieu d'endroits où elle n'ira jamais, à des époques qu'elle n'a pas connues et lui parler de cet ailleurs sur lequel elle se garde bien de poser trop de questions pour ne pas le rendre banal à son tour. Elle n'a pas besoin de savoir si ce qu'il lui raconte correspond à une réalité. Ses anecdotes ont toutes le côté réel et huileux de la vie. Elle le croit. C'est le fondement de la foi et le talent des conteurs d'embarquer les autres vers les destinations où leurs souvenirs les emmènent. Elle sait surtout qu'elle ne sera pas déçue, et c'est tout ce qui compte.

« Oui c'était vraiment formidable ces cinq jours, qui ont passé comme deux alors qu'ils étaient annoncés pour sept », confesse Judith sans réaliser immédiatement qu'il est sûrement difficile de décrypter ce qu'elle tente de leur dire.

De toute façon, elles ne peuvent pas comprendre vraiment ce qu'elle attend de ce « type » qu'elles n'ont toujours pas rencontré à part Béa, comme elles disent entre elles. Elles seraient sûrement surprises d'entendre Judith reconnaître qu'elle non plus ne sait pas. Et d'ailleurs, pourquoi faut-il attendre quelque chose de quelqu'un en dehors de ce qu'on crée à chaque fois qu'on est ensemble ? Attendre, c'est espérer. Or elle n'espère pas, elle savoure. Et même si sa dégustation se fait souvent à l'aveugle, il paraît que c'est la façon la plus innocente d'aborder tout ce qui est inconnu. Aucune d'entre elles ne souhaiterait avoir sa vie ni elle la leur du reste. Elles ont ça en commun avec sa mère. Finalement le monde n'est pas si mal fait. Elles ont choisi une autre version du couple, chacune à leur façon. Béa, plutôt dominatrice, a sélectionné puis retenu quelqu'un de très discret qui ne la contrarie jamais, du moins pas en public. Laurence a opté pour la version masculine de l'assurance ménage pour se mettre à l'abri des incidents du quotidien avec une protection optimale et un soutien technique en cas de difficultés. Quant à Olga, elle a rencontré son mari depuis si longtemps qu'elle ne se rappelle même plus les critères de choix en dehors de ceux dictés par la fougue impétueuse et irrationnelle de la jeunesse.

Elle les envie quelquefois ; pas leur tranquillité mais le sentiment de l'être. L'image du couple a toujours été très brouillonne dans sa tête malgré ou à cause de celui si harmonieux formé par ses parents.

Cela lui a toujours paru insurmontable d'harmoniser deux appareils digestifs et les différentes phases du sommeil. D'ailleurs, elle est certaine qu'on ne rêve pas pareil avec quelqu'un à côté de soi. Devoir passer toutes ses nuits recroquevillée sur une bande large de soixante-quinze centimètres de drap pour se séparer de son frontalier conjoint lui est difficilement concevable.

Délicat de faire adhérer Béa et Laurence à cette réalité, alors qu'elles lui expliquent leur programme pour les six prochains mois avec les alternatives montagne/mer/campagne et les week-ends barrés en rouge dans leurs agendas.

Béa se saisit de ses baguettes. Elle les pointe à présent vers Judith. Il paraît que c'est très impoli de les manipuler autrement que pour manger. Mais elle n'en a que faire, de même de toutes les superstitions qu'on peut raconter. À quelle statistique bidon va-t-elle la soumettre ?

À sa plus grande surprise, elle la complimente et lui dit que cela fait longtemps qu'elle ne l'a pas trouvée en aussi bonne forme. Alors, le chéri en question, même s'il n'est pas son premier choix, a l'air de plutôt lui réussir.

Elle est la seule à l'avoir rencontré, juste une fois, et Judith n'a pas eu envie de renouveler l'expérience. Ils se sont flairés, puis reniflés et elle a vite senti de part et d'autre qu'ils ne souhaitaient pas aller plus loin. Elle a alors passé tout le dîner à les écouter débiter des banalités alors qu'ils sont sûrement les deux êtres avec qui il est impossible de s'ennuyer d'ordinaire. Comme quoi la rencontre de deux unités positives peut produire une valeur négative.

Elle n'a pas insisté et elle a eu raison. Elle savait qu'ils ne s'entendraient jamais pour la bonne raison qu'ils la réclament chacun tout entière en leur présence et ne sont prêts à aucune concession.

6

Elle repense à présent à ce séjour à Milan. Cinq jours quatre nuits sans trop cogiter, à regarder simplement son visage de quinquagénaire à la vie puissante qu'elle trouve étonnamment jeune, même si quelques rides refusent de marcher dans la combine. Il sait diriger comme il sait vivre, avec naturel sans rien chercher à prouver, juste inspiré par sa notion de ce qui lui paraît nécessaire.

Alors qu'ils marchaient Via del Corso à Milan, elle se souvient avoir reçu un appel de Jean-Pierre, son ami de fac qui se manifeste toujours en pensant que tout le monde l'attend et qu'il peut donc surgir à n'importe quel moment dans la vie des autres muni d'un simple « alors quoi de neuf ? » comme clé de contact.

Elle avait hésité à le rabrouer franchement ou avec diplomatie puis finalement s'était ravisée en pensant que cette conversation impromptue pourrait avoir une valeur de test sur les réactions de son compagnon.

Elle avait alors pris un air conspirateur, faussement gêné, de celle qui se fait surprendre, puis avait baissé le ton comme si elle ne devait pas être entendue :

« Je ne suis pas à Paris actuellement. »

Ce qui était forcément une réponse ridicule qui faisait dépendre la conversation du lieu où elle se situe.

« C'est ton répondeur ou c'est toi ? n'avait pas manqué de souligner ironiquement Jean-Pierre devant sa voix mécanique.

– Je veux dire que je suis à Milan dans une rue très bruyante et que je te rappellerai donc plus tard. »

Elle avait ainsi espéré jeter un trouble auprès de son compagnon qui la sentirait forcément empêchée de parler librement. Mais il s'était montré au contraire très compréhensif :

« Si c'est à cause de moi, je peux m'éloigner », avait-il immédiatement proposé avec une sincère aménité.

Elle se souvient de sa propre colère qui s'était vite muée en tristesse devant cette réaction désinvolte. Il n'envisageait même pas la possibilité qu'elle puisse être convoitée par quelqu'un d'autre. Pire, il n'en serait sans doute pas affecté. Elle se rappelle s'être pathétiquement justifiée :

« C'est mon vieux copain Jean-Pierre. »

Ce qui l'avait laissé de marbre. Il ne le connaissait pas et n'y voyait rien à redire, lui ou un autre, cela avait la même absence de signification. Ce qu'il lui fit savoir immédiatement :

« Prends ton temps, je vais voir dans ce magasin, il y a une valise qui m'intéresse. »

Évidemment les valises le concernaient plus que ses appels téléphoniques. Au moins, elles lui donnaient toujours les moyens de déguerpir. Pas étonnant qu'il en ait une collection de toutes les tailles. Cela devait le rassurer de pouvoir en associer une à chacun de ses départs. S'il pouvait en trouver une à moteur ou avec des ailes latérales, elle était sûre qu'il en profiterait pour s'éclipser plus vite.

Elle avait donc repris sa conversation avec Jean-Pierre. Au moins ça lui donnerait la possibilité de se calmer.

« Comment tu vas ? »

Elle s'était même montrée aimable.

« Bien, je voulais juste te parler d'un truc. Mais je t'en parlerai plus tard si t'es occupée. »

Elle exagère sa bonne humeur comme si ce coup de fil lui faisait particulièrement plaisir et regarde à travers la vitrine en lui adressant même un signe quand il croise son regard. Elle a vu ça dans plusieurs scènes de films. Le type qui parle avec sa maîtresse et qui fait des grands gestes en simultané à sa femme pour lui faire croire qu'elle a toute son attention. Il agite la main en lui montrant la pochette extérieure de la valise et en levant le pouce.

Voilà ce qui le préoccupe à cette minute, le fait de pouvoir glisser ses journaux sans être obligé d'ouvrir complètement son bagage.

Et bien sûr, aucune trace de jalousie à l'horizon. Elle, à sa place, se serait mis la valise sur la tête pour ne surtout pas voir ce qui se passe à l'extérieur ou aurait essayé de lire sur les lèvres pour tenter de capter quelques mots. Cela ne valait plus la peine de s'attarder avec Jean-Pierre. Elle le rappellerait quand elle serait rentrée.

Elle repense à cet instant en cherchant à coincer la noix de cajou dans ses baguettes, qu'elle a complètement oublié de lui téléphoner.

Elle est étonnée que Béa ait un peu de recul sur son histoire au point d'y voir un lien entre son état positif du moment et sa relation avec cet homme qui ne l'a pourtant pas emballée lorsqu'ils se sont brièvement rencontrés. Pour autant, elle ne voudrait pas qu'elle verse dans un optimisme outrancier et qu'elle lui attribue tous les mérites de sa bonne humeur. Alors elle tient à tempérer :

« Oui j'avoue que cela se passe plutôt bien et que chaque fois qu'il me surprend, c'est toujours en bien. Mais il y a en réalité autre chose... »

Elle laisse sa phrase en suspens alors qu'elle avale une bouchée conséquente de salade-crevettes-ananas qui lui interdit d'en dire plus sur le moment, sous peine de postillonner.

Elles la regardent déglutir et Laurence va jusqu'à lui servir un verre d'eau.

« Ne t'étrangle pas ma chérie. »

Elle lui parle comme si elle était malade et qu'il fallait employer l'extrême douceur pour préserver la qualité de ses derniers instants.

Mais tout à coup, c'est elle qui pousse un petit cri puis se masse le ventre détournant sur elle toute l'attention concentrée jusqu'alors sur Judith.

« Ça va Laurence ? »

Et là Judith comprend qu'en fait de nouveauté, ce n'est pas elle qui tient la corde. D'ailleurs, ça tombe bien car elle ne savait pas vraiment ce qu'elle voulait dire elle-même quand elle a prononcé « mais il y a en réalité autre chose. »

Il y a bien cette idée d'adoption qui revient à intervalle régulier dont elle n'a pas encore pris toute la mesure, un peu comme un projet immobilier auquel on pense de temps en temps avant qu'il devienne obsédant. Cette émission de télévision lui a remis le projet en tête. Elle n'a certes pas attendu cette présentation pour y penser. Cela fait des années qu'elle y songe en se disant que c'est sûrement la meilleure façon pour elle de devenir mère. Être juste reliée à l'enfant, c'est ça qu'il lui faut et qui la comblerait. Elle n'a pas vraiment trop d'explications à fournir sur cette étrange façon de concevoir la maternité sans enfantement et sans dépendre de toute autre relation. Elle en a d'autant plus acquis la certitude que personne jusqu'alors ne lui a donné l'envie de se lier d'une façon plus intime.

« Je suis enceinte, lâche Laurence avant de se faire étouffer par ses trois amies dans une étreinte en position de mêlée de rugby.

– Hé les filles, attention fragile ! dit-elle en riant.

– Ouaouh ! Trois enfants, ça c'est courageux ! » commente Judith en n'étant pas bien sûre que c'est l'adjectif qu'elle aurait vraiment voulu utiliser si la sincérité lui en laissait le choix. Car en réalité, elle pense qu'il y a la mode des trois enfants comme il y a des modes vestimentaires. Mais bien sûr elle se garde bien de se lancer sur ce terrain.

Et puis de quel droit le ferait-elle, elle qui ne se sent pas légitime à aborder le sujet ?

Olga a immédiatement une réaction lacrymale et Béa est tentée de se lancer dans un pronostic sur le futur sexe de l'enfant. Elle l'inscrit d'ailleurs sur un papier qu'elle plie en quatre, avant de le remettre solennellement au patron du restaurant.

« Voilà, vous êtes le dépositaire de ma prédiction : comme ça on ne pourra pas dire que j'ai triché.

– Non, mais on ne pourra pas non plus dire que tu es géniale puisque t'as quand même une chance sur deux, ce qui est énorme », s'empresse de corriger Judith.

Il est déjà 23 heures et chacune a une bonne raison de vouloir rentrer. On se promet de se retrouver rapidement. D'ailleurs, ce sera bientôt au tour d'Olga de fêter son anniversaire, ce qui permettra de voir aussi l'état d'avancement de la grossesse de Laurence et si Béa a gagné son pari en dépliant la feuille.

« Au fait Judith, tu n'as pas fini ta phrase, se rappelle soudain Laurence en enfilant son manteau.

– Désolée, je t'ai volé la vedette.

– Ce n'était pas aussi important que ce que tu avais à nous dire, la rassure Judith. *Next time...* »

Elle reste évasive. Oui ce sera pour une prochaine fois sûrement, quand elle saura plus elle-même où elle en est et si elle a progressé dans sa capacité à agir. Il faut faire attention aux projets qu'on remet sans cesse. À moins que l'objet soit le projet lui-même et le rêve qu'il suscite. Non, elle ne peut plus se contenter d'attendre. Car tout espoir a sa propre date de péremption avant de tourner à l'amertume. Elle en est bien consciente.

7

Judith regagne sans hâte son domicile, prête à poursuivre son répondeur pour rétention abusive de messages, hormis les fidèles métronomes qui lui souhaitent son anniversaire avec toujours les mêmes vœux reportés au crédit de l'année suivante.

Mais rien qui ressemble à sa voix. Elle réécoute au cas où la bande-son ne lui ait pas tout restitué. Il lui est à présent évident qu'il ne veut pas donner à ce jour l'importance qu'elle réclame et c'est précisément ce qui l'accable à cet instant. Il souhaite sûrement se démarquer de cette façon par son absence bruyante et son effacement ostentatoire.

Elle se souvient pourtant qu'il lui a vaguement parlé d'un cocktail dînatoire où il devait se rendre à l'invitation d'une banque. Sûrement une excuse pour se dérober sans la blesser frontalement. Il a l'habitude de lui livrer en vrac quelques éléments réels et concrets à propos de ses soirées où il ne la convie pas.

« Du beau linge », avait-il souligné.

Et elle en avait déduit « et sûrement des belles lingeries aussi ».

Elle imagine ses coups d'œil discrets en repérage et l'attention portée soudain à un visage intercepté au hasard de ce vagabondage. Elle le connaît par cœur ce regard qui s'attarde, capable d'effleurer une anatomie à distance et d'ajuster son tir de missile séductif. Est-ce que le délit de « caresse oculaire » ne pourrait pas être introduit dans la loi comme élément constitutif d'un délit pénal ?

Et c'est précisément ce qui l'accable à présent, cette périphérie de la tendresse à la manière de ces danses indiennes autour d'un totem.

Elle essaie de se ressaisir en pensant à la bonne soirée qu'elle vient de passer avec son trio d'indispensables. Tant qu'il y aura des amies comme elles, tout vaudra la peine ; mais le problème est aussi que tant qu'il y aura un seul homme comme lui, rien ne compensera son absence. La jalousie est quand même bien la meilleure preuve qu'on ait inventée pour se considérer comme vivant. Elle se contente de peu pour s'enflammer, un vague soupçon ou un retour de dîner en solitaire un soir d'anniversaire lui suffit. L'imagination reste son meilleur combustible.

Elle regarde furtivement sa montre qui indique 23h50. Son chat grimpe sur ses genoux sans doute pour lui prouver qu'elle n'est pas seule et son ronronnement couvre presque sa voix quand elle lui dit qu'elle l'aime. Elle entend soudain sonner à l'interphone, se lève brutalement, laissant tomber lourdement l'animal qui miaule contre cette injustice. Elle reconnaît dans le visionneur sa tête, comme déformée par la mauvaise lumière, dans un hall qui paraît minuscule. Elle ouvre incrédule. Elle a exactement une minute pour se faire à l'idée qu'il ne l'a pas oubliée et se recomposer le visage qui va avec. Déjà il lui sourit et dégaine de derrière son dos un bouquet de fleurs coupées, aux couleurs vives avec des tiges arrachées.

« Tiens, je ne voulais pas qu'il soit dit que j'avais raté l'occasion de fêter Friedland. L'empereur ne me l'aurait pas pardonné. Je les ai cueillies pour toi, en direct du parterre du rond-point des Champs-Élysées. J'ai dû expliquer aux flics qu'à cette heure-ci tous les fleuristes étaient fermés. »

Elle rit à présent aux éclats, certaine d'avoir récupéré son sacre. Joséphine avait sûrement dû éprouver les mêmes craintes quand elle commença à réaliser que Napoléon se détournait d'elle. Ne lui avait-il pas assuré « ne pas passer un jour sans l'aimer et maudire la gloire et l'ambition qui le tenaient éloigné d'elle ? »

Alors qu'il la prend dans ses bras, Judith lui murmure « je ne t'en veux pas » sans bien comprendre elle-même la portée de cette phrase absurde dont le sujet est devenu sans objet.

« Oh toi, tu as trop bu » sera son ultime commentaire avant qu'il ne la soulève et l'emporte dans la chambre pour lui démontrer qu'elle aurait effectivement bien tort de lui en vouloir.

8

Un crachin perle sur le front de Seine lorsqu'elle sort de chez elle pour se rendre à son cabinet, proche de l'avenue Montaigne. Elle a cette chance de travailler dans ces quelques mètres carrés d'un îlot préservé où même les vitrines donnent une fière allure à qui s'y reflète.

Ce matin, elle marche sur Paris, comme la conquérante qu'elle se surprend à être lorsqu'elle se sent pacifiée. Elle murmure à la ville des choses tendres. Elle sait qu'elle exagère sa bonne humeur. Car certes il est venu, juste avant minuit, et il a délicieusement célébré ce jour particulier, mais il n'est pas resté. D'ailleurs, il ne reste jamais. Il rentre toujours chez lui alors même qu'elle est déjà prête à démontrer scientifiquement que l'amour existe.

L'onction d'un de ses baisers peut lui faire oublier toutes les soirées passées seule. Elle sait que sa présence intermittente n'est qu'un arrêt sur image qu'elle rêve de prendre pour le film lui-même. Nonobstant le degré d'intensité de la soirée, il éprouve le besoin de la quitter avec une évidence dont le sens lui échappe, faisant de son envie de prolonger l'instant une exigence de l'ordre du caprice. Elle n'en est pas forcément toujours affectée, comme si le respect de sa version minimaliste du sentiment finissait par paralyser ses propres désirs.

Elle n'est pas la première arrivée au bureau. Mathilde, sa secrétaire, est déjà là qui lui tend une tasse de café. Elle est souvent d'humeur labile mais elle la sait d'une grande loyauté, prête à lui construire des barrages façon castor contre les ennuis et tracasseries du quotidien. Alors, elle peut bien tolérer sa moue irritante avec laquelle elle l'accueille quelquefois et les détails infimes de sa vie qu'elle lui livre sans sollicitation. Elle accepte ce partage et cette intrusion dans une réalité qui n'est pas la sienne. Elle tente un compliment pour l'en détourner :

« J'aime beaucoup votre chemisier Mathilde. Cela vous va très bien cette couleur estivale un peu pastel.

– Ah ? Merci. Au moins vous, vous remarquez. »

Raté ! Mathilde repart sur l'indifférence de ses proches sur ses tenues comme sur le reste. Peu importe ; Judith se fait du bien chaque fois qu'elle peut dire quelque chose de gentil à quelqu'un. Heureusement, c'est sa secrétaire qui conclut qu'il est grand temps de se mettre au travail et c'est elle qui apparaît comme la dilettante dans un jeu de rôles inversés.

« À quelle heure Madame Marchelier a-t-elle pris rendez-vous ?

– À 10 heures. À propos, l'avocat de son mari a cherché à vous joindre hier. Il souhaiterait que vous le rappeliez.

– Bon, je vais le faire avant de la recevoir. Souhaitez-moi bon courage. Il a l'art de me mettre les nerfs en pelote. Il est d'une telle mauvaise foi.

– Ils le sont tous, non ? Elle a dit ça avec une ironie qui sous-entend *même vous un peu aussi mais vous ne vous en rendez plus compte.*

– Sûrement une question de degré. À tout à l'heure. »

Elle passe la tête dans le bureau de Claude, le confrère avec qui elle partage les locaux mais il n'est pas encore arrivé. Dommage, elle aurait bien échangé quelques plaisanteries qui l'auraient détendue. Avec lui, le dialogue reste léger et inconséquent. Pas la peine de se torturer. Le métier d'avocat force au manichéisme. Les bons sont toujours ceux qui paient et les méchants, leurs adversaires. Cela structure l'esprit. Sauf que dans le cas de Judith, en dehors de cette simplification, tout le reste demeure compliqué. Elle rassure et supporte les inquiétudes de ses clients dans une répartition totalement inéquitable.

Madame Marchelier en est une parfaite illustration. Elle a tous les attributs de la femme évincée : trois grossesses dont une fausse couche, une caution solidaire, la sensation d'être sexuellement désactivée et émotionnellement épuisée. Son mari a vécu leur relation sur un mode œnologique : dégustation de femmes à l'aveugle, puis sélection de crus classés autour de la quarantaine pour revenir à des primeurs aux cépages antioxydants autour de la cinquantaine.

Judith a beau tenter de la rassurer sur le fait que tôt ou, pour être honnête, plutôt tard, les hommes se plaisent à redécouvrir les vertus des vieilles barriques, elle la sent à chaque fois comme une douille fendue en deux. De toute façon, Madame Marchelier doit sûrement percevoir qu'elle n'est pas totalement sincère et qu'elle ne croit pas en vérité aux vertus de la fermentation. Et à moins d'un accident de la vie, genre ablation de la prostate ou paralysie généralisée, elle ne voit pas vraiment ce qui pourrait faire revenir ou retenir le mari volage.

Elle se décide à rappeler son confrère, un jeune arrogant qui croit sans cesse avoir réinventé la roue en lui administrant des évidences sur un ton péremptoire. Cette fois, il lui fait comprendre à demi-mot que son client détient des informations sur la famille de sa femme qui pourraient être gênantes sans lui donner plus de détails et s'échappe par « enfin, vous m'avez compris » qui en dit long sur pas assez.

« C'est pour ça que vous m'avez demandé de vous rappeler ? Pour vous livrer à un pseudo-chantage énigmatique ? Vous feriez mieux, confrère, de me faire une proposition décente concernant la prestation compensatoire et les pensions alimentaires, au moins ça aurait le mérite d'être concret ! »

Elle a remarqué que chaque fois qu'elle dit « confrère », c'est qu'elle est très en colère car sinon elle n'a pas besoin de rappeler à son interlocuteur qu'ils font le même métier. Enfin, pas tout à fait le même, car elle n'utiliserait jamais ce genre de stratagème.

Lui revient en mémoire, alors qu'elle n'y a plus repensé depuis des années, sa réception par un membre du conseil de l'ordre à l'occasion de sa prestation de serment, qui avait consacré son entretien à la mettre en garde contre toutes les infractions déontologiques pour lesquelles elle risquait d'être poursuivie si elle se montrait négligente. Et sa boutade, à elle, en guise de réponse :

« J'espère, confrère, qu'en rentrant dans cette profession, j'aurai quelqu'un d'autre à défendre que moi. »

Elle avait accentué le mot confrère pour se hisser dans la cour des grands sur un pied d'égalité qu'il semblait d'emblée lui contester.

Elle dénie à tout autre qu'elle le fait de ne pas la considérer à la hauteur. Elle a toujours su faire illusion. Il ne va pas lui signifier à présent qu'elle est débusquée et la limiter à ce qu'elle est. Ils ne peuvent pas être deux à utiliser ce stratagème de dénigrement. Elle sait très bien se déconsidérer toute seule. Il faut toujours veiller à soigner ses premiers comme ses derniers mots en pensant que la mémoire de ceux à qui ils sont destinés risque de les rendre imprescriptibles. La preuve, il suffit d'un malheureux coup de fil pour en réactiver le souvenir.

Elle raccroche très énervée par cette conversation et vaguement inquiète. Difficile d'écarter complètement l'hypothèse de quelque chose de potentiellement ennuyeux pour sa cliente. Bien sûr, pas question d'aller plus loin non plus dans cette conversation avec ce prétentieux pour ne pas exciter son audace.

Voilà comment on commence dès le matin par recevoir l'équivalent d'une benne à ordures négligemment vidée sur soi par ce genre de propos indélicats. Il faudrait pouvoir enregistrer toutes ces faces de félon qui gâchent les premiers instants d'une journée, dans l'esprit de faire un jour du cinéma animalier. On cite toujours en exemple la cruauté des animaux sauvages pour tenter de justifier celle des hommes entre eux. Mais a-t-on déjà vu un rhinocéros dénoncer son voisin ?

Elle va maintenant devoir faire état de cet entretien à sa cliente, juste pour ne rien lui dissimuler. Encore une difficulté de plus à traiter, un maniement d'arme psychologique à haute tension. Elle s'apprête à la recevoir et croise Claude, qui s'avance goguenard dans le couloir et qui lui glisse, arrivé à sa hauteur :

« Bon courage ma belle pour ton rendez-vous. À côté, Atlas a l'air de porter un poids plume sur ses épaules.

– Merci pour tes encouragements. Et ton camionneur, toujours en tôle malgré ta demande de mise en liberté ?

– Oui, ils l'ont rejetée ; pourtant, j'ai très bien plaidé.

– C'est bien ! Ton client va avoir tout le temps dans sa cellule pour apprécier la finesse de tes arguments ! »

Ils rient tous les deux. Heureusement que ces échanges furtifs lui donnent le courage d'affronter le reste.

Madame Marchelier lui fait face à présent. Elle s'accroche à son sac comme à un canot de sauvetage et le triture d'un mouvement compulsif, comme si elle pétrissait une pâte feuilletée.

« Est-ce qu'un café vous ferait plaisir ? »

Judith a repris son air professionnel, ajusté ses lunettes et essaie de mettre le plus de douceur possible dans sa voix. Évidemment, elle s'attendait à son refus. Pas de café et surtout pas question de se faire plaisir. C'est une notion qui lui est totalement étrangère.

« Comment va Martin ? Il est heureux dans son apprentissage ? »

Elle sait qu'il n'y a que l'évocation de son fils aîné qui peut provoquer un éclairage intérieur. Le nom de Martin a l'effet d'un led à basse température.

« Je crois qu'il est content. Il commence juste ; il faut voir sur la durée.

– Il n'y a aucune raison que cela se passe mal. Il fait ce qu'il aime et va pouvoir bénéficier d'une belle formation. On aura toujours besoin de ces métiers d'art, l'ébénisterie reste un must. »

Judith se sent prête à évoquer tous les plus grands noms des compagnons de France qui font la fierté de Versailles et la joie des touristes, mais elle est vite recadrée par sa cliente qui n'est pas partante pour sa visite guidée.

« Enfin, ébénisterie, n'exagérons pas. C'est juste une formation de menuisier ! »

Décidément, le rêve ne fait pas partie des canons de son esthétique de vie.

Elle tente encore une dernière phrase décisive :

« Vous ne savez pas où cela pourra le mener ! Peut-être qu'il sera le prochain Riesener et plus près de nous peut-être un George Katsutoshi Nakashima. Qui sait ? »

Manifestement, Madame Marchelier est dubitative quant à ces références qui ne lui évoquent rien et s'en prend toujours à son sac qui ressemble à présent à une bouillotte flasque qu'elle plaque contre son ventre. Elle clôt le débat par un péremptoire :

« Vous savez, Martin est un taiseux, comme son père. On ne sait jamais vraiment ce qu'il pense. »

Les voilà revenues au centre du débat et en réalité à son unique obsession, son mari à qui son fils doit trop ressembler. Difficile de lui expliquer que c'est un risque qu'on court quand on fait un enfant à deux sans le concours d'une éprouvette et d'un don de sperme anonyme.

« Vous avez des nouvelles de l'avocat de mon mari ? »

Judith ne voit pas comment elle pourrait encore rester à la périphérie des choses. Des nouvelles, elle en a, des fraîches et des bien mûres mais pas pour oreilles sensibles. Elle édulcore sa réponse :

« Oui et non – elle ménage son effet – il ne m'a toujours pas fait de proposition concrète sur l'aspect financier du dossier. »

Contre toute attente, Madame Marchelier sort de son sac une feuille de papier sur laquelle Judith peut voir à l'envers plein de calculs comme un brouillon d'un élève avant la rédaction du devoir.

« Alors je me suis amusée à faire des calculs avec plusieurs hypothèses. »

Elle s'est amusée ? Pas si sûr à voir son écriture rageuse qui tente de mettre en chiffres une haine ordinaire. À combien évalue-t-on le prix de nuits sans sommeil et la souffrance des pourquoi ? Pourquoi m'a-t-il fait ça ? Pourquoi me quitte-t-il ? Pourquoi elle, maintenant, alors que nous avions encore tant de choses à vivre ensemble ?

Claude aurait sûrement répondu avec son humour ravageur : « Comment vous expliquez-vous ce retard ? » Il lui a juré qu'il avait posé cette question à une de ses clientes dans une situation similaire. Mais elle ne peut pas s'essayer à l'humour de Claude ni même lui conseiller les cours en auditeur libre de la Sorbonne sur les religions de l'Asie septentrionale pour la divertir. Elle la soupçonne même de boire plus que d'habitude, l'alcool restant un placement sûr quand l'estime de soi est dévaluée. Elle a un cocktail explosif de désarroi, de tristesse profonde et de rancœur qui lui fait face et qu'il faut qu'elle désamorce avec toute l'habileté nécessaire. Au moins elle se dit que sa situation personnelle ne l'aura pas exposée à ce genre d'indélicatesse. D'ailleurs, elle déteste les pressions, le chantage et tout ce qui peut rendre un individu laid chaque fois qu'il utilise un de ces moyens. Elle ne traque pas l'information, n'installe aucun piège à fautes et n'organise aucune filature pour savoir avec qui il est quand ils ne sont pas ensemble. Elle a bien vu à plusieurs reprises des post-it avec des prénoms à rappeler, collés sur son écritoire comme des papillons qu'elle a laissés s'envoler sans jamais chercher à suivre leur trace. Mais est-elle vraiment intéressante à trahir ? Sûrement pas assez envahissante pour cela.

Elle a depuis longtemps fait le pari de n'être liée aux autres que par la force de l'attraction, un plagiat de la loi de gravitation de Newton dans sa première version dite principe de l'inertie. Elle qui passe ses journées à rédiger des clauses comportant des sanctions dissuasives en cas de rupture ne croit pas en leur principe coercitif appliqué aux sentiments. Elle se vit dans tous les domaines comme la personne dont on peut se séparer le plus vite. La prétention n'est peut-être pas totalement exempte de cette audace. Car elle exorcise son insécurité en l'anticipant et se vante de pouvoir être quittée en moins de cinq minutes. Elle donne à l'autre tous les atouts pour qu'il puisse battre son record de vitesse du déguerpissement sans avoir à s'acquitter de la moindre compensation. Une phrase entière n'est pas même nécessaire. Une onomatopée du genre « moi plus vouloir toi » suffirait pour que la porte de la liberté s'ouvre automatiquement.

Au fond, elle est quelqu'un de très confortable. Elle n'en a aucun mérite, il n'est pas dans sa nature ou sa fierté d'agir autrement.

Madame Marchelier se livre à présent à une analyse de ses chiffres :

« Donc vous m'avez bien expliqué le principe de la prestation compensatoire qui doit compenser la chute du niveau de vie... » Et sûrement la chute du moral et la descente d'organes qui semblent aussi comprises dans ses calculs.

Judith acquiesce de la tête.

« Alors étant donné qu'il va garder la maison de campagne…

– Et vous la résidence principale, complète son avocate pour faire un retour aux grands principes de façon qu'elle ne s'enfonce pas dans cette logique victimaire qui lui est plus confortable.

– C'est normal ! En plus les enfants vivent encore avec moi. Ce n'est pas avec ce que Martin va gagner qu'il est prêt à être autonome. Quant à Célestine, elle est en première année de fac de lettres. Alors vous imaginez. »

Oui, elle imagine très bien sa vision dévalorisante de ce genre d'études faites sûrement dans son esprit pour patienter. Mais ce n'est pas le moment de creuser. Mieux vaut revenir à du concret :

« Certes mais en termes d'évaluation, votre appartement a une valeur supérieure à celle de la maison de campagne. Et j'ai déjà obtenu qu'il n'en demande pas compensation. »

Judith ne tient pas à se laisser déposséder de ses petites victoires dans ce dossier et lui rappelle les acquis non négociables pour mettre en avant tous les points positifs de cette séparation qui se voulait encore amiable, paradoxe sémantique d'un schisme consensuel sur fond de réalité chaotique.

« Si vous saviez, maître, à quel point je suis attachée à cette maison de campagne. C'est vraiment un endroit où j'aime le plus me ressourcer. »

Elle marque une pause et Judith peut voir son regard s'embuer peu à peu.

« Eh bien, je sais même par les voisins qu'il y va maintenant avec la nouvelle. »

Voilà bien à quoi servent les voisins, toujours prêts à jeter un coup d'œil au-delà de la clôture pour voir ce qui se passe au-dessous de la ceinture.

« Je comprends que ce soit douloureux pour vous, madame Marchelier, mais il va falloir… »

Elle cherche le bon qualificatif. Elle voudrait dire « passer à autre chose » mais elle sait bien que ce temps n'est pas encore arrivé et même si elle ne croit pas à la version ski nautique du sentiment, il lui est quasi impossible de lui conseiller de lâcher le filin. Tout en comprenant parfaitement que l'on puisse vouloir absolument durer et que cela confine même à l'obsession, elle n'est pas tentée par l'expérience. Elle sait aussi que c'est précisément ce qui fait vivre sa cliente, son obsession à vouloir faire payer son mari. D'ailleurs, elle place sa feuille sous le nez de Judith :

« Alors regardez, je vous ai fait tous les calculs en partant de trois hypothèses différentes. Eh bien vous voyez, je retombe à chaque fois à peu près sur les mêmes chiffres. Donc c'est cette somme que je souhaite que vous demandiez. »

Et même à l'envers, elle arrive à l'entourer avec le feutre rouge qui traîne sur le bureau. Judith regarde en se tenant le menton et fait semblant de revérifier les calculs en pointant chaque chiffre avec son stylo et en sautant d'une ligne à l'autre pour montrer qu'elle suit bien. Bien sûr, elle a vu le chiffre final, comme une grosse tache obèse et indécente et sait très bien qu'elle ne pourra jamais faire accepter un pareil montant à son contradicteur. Mais ce n'est pas le moment là non plus de dire la vérité. Lui revient alors les allusions du confrère sur sa famille qu'elle évite toutefois d'aborder.

« Vous avez fait un excellent travail préparatoire. »

Elle suit les conseils de son maître de stage de toujours partir d'une note positive.

« Pour autant, je vais reprendre tout ça tranquillement de façon qu'on ait une marge de discussion et qu'on arrive à un compromis raisonnable.

– Vous êtes en train de me dire que ce que je demande ne serait pas raisonnable ? »

Elle comprend que le mot raisonnable signifie dans la bouche de sa cliente capitulation voire haute trahison et regrette déjà son usage.

« Pourquoi je devrais me montrer raisonnable alors que je vais devoir me serrer la ceinture jusqu'à la fin de mes jours ??? »

Judith pense qu'elle exagère car elle peut lui obtenir un montant confortable.

« Et puis j'ai quasiment aucune chance de retrouver quelqu'un d'autre. »

Là elle ne peut pas franchement lui donner tort, du moins statistiquement parlant (il faudra qu'elle soumette son cas à Béatrice). Tant qu'elle n'aura pas changé le curseur de sa posture victimaire, elle ne voit pas comment elle pourrait effectivement faire une rencontre. Elle voudrait lui conseiller de cesser de rester enroulée sur elle-même comme un pangolin. Mais ça non plus, ce n'est pas le bon moment.

« Madame Marchelier, ce n'est pas parce qu'aujourd'hui vous ne voyez pas d'issue positive que cette situation est définitive. La vie est beaucoup plus mutine qu'elle n'en a l'air. Vous savez ce que disait Pessoa ? "Que de même nous lavons notre corps, nous devrions laver notre destin, changer de vie comme nous changeons de linge." »

Cela fait longtemps qu'elle n'a pas cité Pessoa ni ouvert *Le livre de l'intranquillité* à n'importe quelle page comme elle aime le faire si souvent lorsqu'elle cherche des réponses sans question.

Elle voit sa cliente lui sourire de tristesse et elle ne peut s'empêcher d'être à son tour émue par son accablement. Elle met une grosse cuillerée de miel dans sa voix :

« Vous verrez, croyez-moi, un jour tout cela ne sera plus vécu par vous que comme une expérience. »

Bon, c'est moins bien que du Pessoa mais cela a l'air plus efficace car elle lui consent un « peut-être » qui est déjà une demi-victoire. Ce n'est décidément pas le moment pour lui demander ce que pourrait savoir son mari sur sa famille et qui pourrait être gênant. Ce n'est pas totalement de la lâcheté mais elle renonce à suivre cette piste. Elle la sent un peu apaisée et préfère l'assurer de tout son soutien.

Elle la raccompagne, lui promet de se plonger dans ses chiffres avec toute l'attention requise et surtout, elle conclut avec une voix enjouée juste avant de refermer la porte :

« Ne vous inquiétez pas, on va s'en sortir. »

Sans trop savoir si ce « on » n'inclut pas aussi ses propres batailles.

9

Elle se sent dans un état d'inappétence inhabituelle avec peu de proposition pour l'en divertir. Elle a sûrement mieux à faire pour tromper son ennui qu'à mettre en forme juridique les rancœurs et ressentiments qui suintent de sa pile de dossiers.

Elle se décide enfin à rappeler Jean-Pierre à la suite de leur conversation inachevée sur un trottoir de Milan. Il est toujours disponible pour elle et se montre très chaleureux alors qu'elle regrette de ne pas l'avoir fait plus tôt. Avec lui, pas besoin de se justifier. Il connaît sa tendance à chercher des excuses à son inaction.

Son dernier exemple remonte à la semaine précédente quand elle est allée consulter sa nutritionniste à qui elle a confessé son addiction aux flans et sa relation difficile aux brocolis. Elle revoit encore sa moue dédaigneuse la renvoyant par un regard à sa tisanière remplie d'herbacées plongées en eaux tièdes posée en évidence sur le bureau comme le seul viatique possible.

« Je n'ai aucun remède miracle à vous proposer. Tout est dans la volonté. »

Merci, mais c'est un peu court, madame. Ce que vous appelez volonté n'est en fait que mépris pour ces déclinaisons du flan, qu'il soit caramélisé ou pâtissier, tremblant ou bordé d'une pâte, assurément moelleux et suffisamment vanillé. Mais vous ne pouvez pas comprendre, vous qui n'avez aucune envie dévorante en dehors des périodes légales de suralimentation et qui êtes naturellement en état de cétose. Vous qui succombez à la règle des minimas : visage à expression réduite, poitrine menue, humour restreint.

Jean-Pierre sent que ce coup de fil va bien au-delà d'un simple retour d'appel par politesse. Il la fréquente depuis suffisamment longtemps pour sentir par vibration des ondes tous les nodules de son état mental.

« Et après Milan, tu as d'autres voyages de prévus ? Parce que sinon j'ai une liste de suggestions. »

Depuis qu'il a monté un concept innovant de voyages écoresponsables, il tente de persuader ses amis de tester des destinations.

« Pourquoi ? T'as besoin de cobayes ? »

Elle a presque retrouvé son humeur joyeuse car elle lui reconnaît ses dons de guérisseur avec ses paroles coupe-feu pour éteindre à distance les brûlures de l'âme humaine.

À présent il peut l'entendre sourire.

« L'archipel indonésien cela te tenterait ? 13 677 îles entre océan Indien, mer de Chine et le Pacifique.

– Ah ! Et sur quelle période ? Tu comptes mobiliser les trente prochaines années de mon existence ?

– Non sérieux, je développe un projet côté Bali-Moyo-Jumbawa-Flores.

– Un projet ? Dans l'hôtellerie ?

– Oui, tu as entendu parler du glamping ? »

Elle fait non de la tête avant de le formuler à voix haute :

« Pas vraiment.

– Ah ça c'est une réponse d'avocate qui veut dire pas du tout. »

Cette fois, elle rit sincèrement. Il fait partie des êtres rares aux propos et projets toujours imprévisibles et qui peut passer des heures à en démontrer le bien-fondé avant de les laisser se fracasser sans regret sur un principe de réalité. Entre-temps, il aura fait faire à son entourage le tour de la terre en les projetant dans sa fiction.

Elle le laisse pourtant développer tant elle a besoin d'ailleurs et lui de son écoute.

« Bon, alors ma petite chérie, pose ton crayon et écoute ce que ton pote Jean-Pierre est en train de réaliser. Le glamping, c'est la contraction du glamour et du camping. Alors on travaille en ce moment sur la création de tentes de luxe. Je vais t'envoyer des photos, ce sera plus parlant, qu'on implante dans des villages indonésiens et dans lesquels en retour, on investit dans les infrastructures locales. Par exemple, on a financé toute l'implantation de lavabos dans une école primaire et on a appris aux enfants à se laver les dents après les repas. »

Elle hoche la tête en se demandant si ce système de solidarité n'est pas un peu simplificateur et ne consiste pas à berner la charité en lui donnant la becquée. Il ne la laisse pas longtemps gamberger.

« C'est du win-win, ma petite. »

Elle déteste qu'il l'appelle « ma petite » mais après tout, cela correspond assez bien à son propre ressenti. Il y a des moments où il lui semble avoir cinq ans et elle ne peut pas lui en vouloir de s'en être également aperçu.

« Alors si c'est du win-win ! s'amuse-t-elle.

– Tu rigoles mais quand je vais t'expliquer le projet dans sa totalité, tu vas trouver ça génial. Alors sache qu'on a l'ambition de parrainer des enfants et, dans le cadre de leurs études, permettre à des petites filles de pouvoir aller jusqu'à l'université. »

Judith commence à trouver le projet moins loufoque, ce qu'il sent immédiatement et en profite pour pousser son avantage.

« Chaque année on va proposer à nos clients de suivre des enfants. On va commencer par trois et puis on en ajoutera trois autres l'année suivante.

– Jusqu'à épuisement du stock ? complète Judith.

– Ce serait l'idéal mais il faut être réaliste. »

C'est bien la première fois qu'elle l'entend invoquer ce concept de réalisme.

« Oh toi, tu vieillis, si tu commences à parler de réalisme. »

Elle se souvient de ses précédents projets où il était question de créer une plantation d'herbes médicinales dans un coin reculé de la Thaïlande puis de vouloir acquérir une flotte de *long-tails* façon bateaux-mouches pour promener les touristes dans la baie de Phang Nga. Autant d'idées qui n'ont jamais pu recevoir le moindre commencement d'exécution. D'ailleurs, leur réalisation n'est pas leur vocation première. Ils peuvent rester à l'état d'ébauche. Ils n'ont de valeur que de test à sa capacité à faire rêver.

« Tu peux te moquer, n'empêche que j'ai déjà réuni un tour de table d'investisseurs et j'ai réussi à constituer un premier panel. Quant aux enfants, j'en ai déjà deux qui vont être parrainés. »

Il marque un temps d'arrêt puis reprend :

« J'ai encore cette petite fille de sept ans qui vit chez sa tante. »

Judith attend la suite en crayonnant sur un bloc de papier.

« Et tu lui cherches un sponsor ?

– Oui, un ou une. Je la connais la gamine. Je dois t'avouer que c'est ma préférée. Elle s'appelle Wayan.

– Elle n'a plus ses parents ? questionne prudemment Judith.

– Non, effectivement. »

S'ensuit un silence qui laisse peu de place à l'intention de Jean-Pierre.

« J'ai pensé à toi. Elle pourrait t'intéresser. »

Judith ne l'interroge pas sur les raisons qui lui ont fait naturellement penser à elle ni pourquoi il la considère comme la meilleure postulante pour cette aventure. Sûrement parce qu'il les connaît. Il sent bien chez elle ce besoin de ne plus faire la toupie autour d'elle-même, en équilibre sur une pointe et son désir de se focaliser sur quelqu'un d'autre. Elle ne peut plus le dissimuler, en tout cas pas à lui qui dispose de capteurs pour sentir tout ce que l'on cherche à taire. Il sait qu'elle peut faire preuve d'audace pour affronter la vie et ses hasards heureux. Si les défis que beaucoup lancent à leur corps ne la concernent pas, il la sait prête à partir à l'assaut d'enjeux plus vertigineux.

« Et tu es sûr de ta filière ? »

Jean-Pierre rit de son effort de distanciation.

« Certain ! Tout est sous contrôle. D'ailleurs, tu peux aller sur place vérifier. L'école existe bien, Wayan aussi. Je vais t'envoyer sa photo. Et notre système fait que ton don est utilisé aussi bien pour des projets durables collectifs que pour couvrir les frais propres à ta filleule. »

Elle ne relève pas qu'il ait changé aussi rapidement de champ lexical et qu'il personnalise déjà sa future relation avec Wayan.

« On garantit aussi l'envoi des bulletins scolaires pour que les parrains et les marraines aient un regard sur le travail des élèves. Si tu veux venir, je fais une soirée de présentation du projet mardi prochain. Tu es la bienvenue si tu es libre. »

Judith se demande à quoi peuvent bien ressembler ces soirées charité où à la place de tupperware, on vend un kit entretien/enfant/développement durable avec engagement sur trois ans. Elle imagine que l'enthousiasme est un détenu qui ne se libère que contre la caution d'une réalité tangible et que beaucoup veulent voir avant de s'engager. Sauf que dans le cas présent, il n'y a précisément rien à voir.

« Pas encore certaine de mon emploi du temps. Je te dirai. En tout cas envoie-moi la brochure et aussi la photo. »

Elle a hésité un instant à faire cette demande mais à ce stade, elle ne peut pas s'engager plus. Elle doit comprendre elle-même ce qu'elle attend au juste de ce parrainage et si le mot filleule pourrait être la relation appropriée à ses manques. D'ailleurs, la notion lui paraît assez floue. Elle en a déjà une, Émilie, la fille d'Olga, qu'elle voit uniquement trois fois par an et qui n'a pas vraiment besoin d'elle. Elle est pourvue de tous les indispensables pour grandir sans ajouts complémentaires. Elle ne sait pas très bien ce qu'elle lui apporte en dehors de lui avoir fait renoncer aux sauvageries des autres enfants devant les murs d'escalade dans les parcs publics au profit de promenades plus apaisées le long de la Seine. Elle semble apprécier de cheminer avec elle autour de sculptures en plein air, les effleurer et tenter d'en deviner l'artiste à partir des indices que Judith lui donne. À chaque fois, c'est Émilie qui lui fait remarquer quelque chose de différent et qui se montre ravie d'échapper pendant ces quelques heures à la tyrannie des jeux de ses frères aînés.

La promenade s'achève en général par la dégustation d'une pâtisserie dans un salon de thé où elles essaient de ne pas se brûler les lèvres en se racontant tous leurs secrets. Judith pense souvent qu'à cet instant elles ont le même âge tant l'enfance citadine se termine beaucoup plus tôt. À moins qu'elle ait l'impression de recommencer la sienne à chaque fois.

10

Ce matin, elle est décidée à bien se traiter et à s'accorder quelques heures de détente. Elle a encore présent à l'esprit sa soirée passée la veille chez son compagnon qui donnait un dîner. Pas vraiment du genre petite sauterie entre amis avec un verre autour d'un plateau de charcuterie. Non, un vrai festin donné sans mesure pour palais avisés dans une débauche de millésimes et de déclinaisons de plats accueillis par des superlatifs louangeurs qu'on ne réserve qu'à l'exceptionnel. L'inquiétude de ne pouvoir rendre pareille invitation y était palpable. Aucune cave ne pouvait être à la hauteur des étiquettes présentes sur la table.

L'intérêt d'une telle excitation est qu'elle dispense les invités de tout effort de conversation. Il suffit de veiller à la bonne circulation des bouteilles en évitant leur station prolongée devant certains convives qui prétextent de leur qualité de connaisseurs pour se livrer à des tests à l'aveugle. Il y a bien eu quelques tentatives de médisance sur des amis absents mais le quota de persiflage n'a pas dépassé les ratios couramment pratiqués dans les dîners en ville. Ce fut réellement une bonne soirée faite de commentaires désabusés sur la classe politique et de trocs d'informations sur ce qu'il convenait d'avoir vu si on voulait garder ses galons de parisianisme. La truffe noire s'est révélée être une alliée précieuse pour éviter les écueils des opinions divergentes.

Il excelle à surprendre. Il sait qu'on parlera de son invitation comme on parle de la guerre, en faisant référence toujours à la dernière. En réalité, il n'a que faire des flatteries et ne cherche pas davantage à impressionner. Il aime avant tout se faire plaisir en partageant cette volupté avec ceux que la démesure n'effraie pas.

Judith a même réussi à élaguer la présence d'une intruse de dernière minute qu'une invitée a cru pouvoir amener pour la distraire d'un chagrin sentimental. Il faut se méfier de ces femmes délaissées qu'on introduit négligemment dans d'autres bergeries au risque de faire dévorer la brebis en place. Elle n'a pas eu de quoi s'inquiéter réellement car cette agnelle-là a su réduire a minima son rôle de rivale dont elle avait par excès amplifié la portée. En fait, avec le recul, puisqu'il faut toujours a posteriori justifier sa mauvaise humeur, ce qui l'a le plus contrariée, c'est cette visite spontanée de certains convives du duplex de leur hôte.

C'était incroyable pour elle de les voir, par petits groupes, cheminer si à l'aise d'une pièce à l'autre et chacun d'y aller de son avis décoratif et de son émerveillement pour les moindres détails qui font l'homme de goût. Elle aurait dû être pourtant flattée d'avoir été choisie par quelqu'un qui pousse l'élégance jusqu'à une sélection sévère de la moindre de ses poignées de porte. Mais voilà, elle sait qu'il s'est montré moins méticuleux avec elle que pour choisir les boutons nacrés de ses placards et qu'elle n'aligne pas forcément tous les critères d'excellence. Elle n'est pas dupe. Elle souhaiterait qu'il la regarde avec la même admiration que celle qu'il réserve à ses volets intérieurs. Mais précisément, il ne l'a ni désirée, ni intégrée dans son univers comme chacun des objets qui a pris place chez lui. Sa présence dans sa vie n'est que conjoncturelle, une espèce de chassé-croisé entre l'ennui qui s'installait dans sa précédente relation et le constat d'une relative attraction pour sa personne. Un « pourquoi pas » amélioré.

Elle se doute aussi qu'il a dû fonctionner en biplan pendant un certain temps. Elle n'a d'ailleurs pas encore vraiment pris sa place en prenant celle de l'autre. Car ce qui saute aux yeux de ce vagabondage bien indiscret dans son appartement est précisément qu'aucun emplacement ne lui est réservé.

Ils ne s'y sont pas davantage trompés à écouter leurs commentaires où elle est totalement étrangère. Et ce sont ces stigmates qu'elle porte encore le lendemain quand quelqu'un s'est étonné à haute voix de l'absence de toute trace matérielle de sa présence dans sa vie. La perfidie n'est jamais loin de l'indifférence. Aucun objet utilitaire ou autre ne corrobore en rien le lien censé les unir. Même son bureau est immaculé de toute photographie d'elle et elle soupçonne ses tiroirs d'être atteints de la même virginité.

La brebis secourue a même poussé sa mortification jusqu'à louer sa discrétion devant l'absence de produit de beauté sur les étagères de la salle de bain. Elle n'a pas eu la force de dire la vérité et d'avouer que tout son attirail se résumait à quelques échantillons enfouis dans une pochette bleue dissimulée dans un tiroir, qu'elle retrouve fidèlement et qui s'avèrent inépuisables tant ses visites à son domicile sont espacées.

Comment peut-elle accepter une telle situation ? Une femme comme elle, qui a tout pour… pour quoi au juste ? Sans doute lui manque-t-il l'essentiel, l'arrogance nécessaire de se croire indispensable. C'est ce qui la fait rentrer souvent sagement chez elle, sans avoir d'ailleurs la moindre résistance à vaincre de sa part à lui. Les rares fois où elle reste, il la prend en filature et la suit pas à pas pour s'assurer qu'elle ne se livre pas à des débauches d'indiscrétion. Aucune crainte pourtant. Rien ne lui est plus délectable que de feindre une indifférence à tout ce qui pourrait être un prétexte à de la jalousie.

Au fond, elle est quelqu'un de très confortable ; on ne quitte pas une personne qui ne revendique que des parties de rire ou de tendresse.

11

Cette fois-ci, elle est prête. Elle a laissé passer les congés d'été et l'agitation de la rentrée avant de la rédiger. Elle la relit pour s'assurer qu'aucune faute d'orthographe ne s'y soit glissée qui l'éliminerait d'office. Car bien sûr, elle est certaine que sa lettre sera examinée à la loupe, voire commentée entre collègues, alors cela vaut la peine de vérifier pour la énième fois :

> « Madame, Monsieur *(elle est prudente, les hommes aussi ont le droit d'être secrétaire)*,
> Je vous indique par la présente mon souhait de solliciter une demande d'agrément aux fins d'autorisation d'adopter un ou une enfant français ou étranger.
> Je reste à votre disposition pour répondre à toute question que vous jugerez utile de me demander ou à tout entretien que vous voudrez bien me fixer.
> Je vous remercie de bien vouloir m'accuser réception de la présente.
> Veuillez croire en l'assurance de ma considération respectueuse. »

Cela n'a l'air de rien mais cette lettre, apparemment purement formelle, comme elle en écrit des centaines par année pour le compte de ses clients, lui a pris plus de temps que de rédiger des conclusions de trente pages dans un dossier compliqué. Elle en a pesé chaque terme.

Elle a d'abord dû se battre contre son esprit mutin qui fait qu'elle doit toujours repenser par elle-même ce qui est conçu par d'autres et vaincre sa tentation de défier les formules communément admises.

Depuis quand doit-on demander une autorisation pour faire l'acte qui est le plus naturel au monde et qui consiste à donner de l'amour à un enfant ?

Et qui mieux qu'elle est à même de juger de son aptitude à être mère ?

Elle sait que ces questionnements sont anodins au regard des autres étapes qui l'attendent et qui lui paraîtront sûrement relever encore plus de l'arbitraire. Il est pourtant nécessaire de laisser pour quelque temps son esprit frondeur de côté. Elle ne peut pas toujours prétendre réinventer la roue et en l'occurrence, elle doit tourner dans le même sens pour tous. Mais quel effort, pour quelqu'un comme elle qui se concentre sur chaque pas d'un cours de step ! Alors suivre un parcours administratif semé d'embûches ne peut qu'être une source de souffrances. La plus grande difficulté à dominer est d'accepter que la règle soit égalitaire et qu'elle sera évaluée avec les mêmes critères, sans partir d'un a priori plus favorable qui tiendrait à sa personnalité ou à son milieu socioculturel. C'est si dur d'être traité comme tout le monde !

Comment, êtes-vous sûr que cela n'existe pas les files prioritaires pour l'adoption ? a-t-elle envie de rajouter en post-scriptum. *Si je mets un timbre de plus sur l'enveloppe en réponse, aurai-je droit à une petite faveur ? Neuf mois de délai pour obtenir l'agrément ? Laissez-moi rire : est-ce pour nous placer dans un état de gestation similaire à une mère biologique ? Quels sont encore les brillants psychologues qui conseillent les administrations et qui préconisent des délais métaphoriques ? Êtes-vous conscients qu'avant d'envoyer cette foutue lettre, on a en général cogité des années en arrière et porté ce projet bien avant d'arriver à le formuler ? Il nous a précédés, comme nous ont devancés tous nos manques, malgré nos vies en apparence bien remplies.*

Vous croyez vraiment qu'on envoie ce type de courrier sans y avoir longuement réfléchi et qu'on se réveille un matin en se disant, tiens ce matin j'ai envie de faire quelque chose d'inhabituel ? Puis qu'on se trompe de service et qu'au lieu de demander l'autorisation d'élever un animal non domestique ou d'une espèce dangereuse, on libelle sa lettre au service social de l'enfance ? Non, Madame, Monsieur, cette lettre, elle vient de nos entrailles ! Alors on ne devrait même pas avoir besoin de l'oblitérer car c'est plutôt par ultrason que son contenu si sensible se propage.

Elle a écrit un/une enfant et cela aussi lui a demandé un effort surhumain, cette fausse indifférence pour se donner plus de chance, car en réalité elle a envie de n'adopter qu'une fille. Cela lui a valu plusieurs jours à s'interviewer et un arbitrage à rendre. Pourquoi pas un garçon ? Bien sûr qu'elle aime les garçons, mais tout à coup elle a compris en repensant aux liens qu'elle a tissés avec sa propre mère que c'était forcément ceux qu'une fille sait créer. Finalement, c'est la meilleure preuve que trop réfléchir ne rend pas plus intelligent car elle a de toute évidence des dizaines d'exemples contraires avec des fils très proches de leur mère.

Elle accepte cette incohérence, sûrement encore un alibi qu'elle se donne, mais elle est bien décidée à ne pas céder sur ce point.

Sauf si elle n'a pas le choix. Il faut bien quelque privilège à une démarche qui n'en octroie pas beaucoup.

Tout en écrivant sa lettre, elle a écouté le dernier CD qu'elle s'est acheté, la version avec Pavarotti et Julia Varady dans *Cavaleria Rusticana* et au moment où elle écrit « fille ou garçon », elle entend Pavarotti chanter le fameux « *Mamma, quel vino è generoso* » et se dit que c'est émouvant aussi un homme qui appelle sa mère surtout s'il est doté de cette voix miraculeuse.

Pas très rationnel tout ça ! Un magma inconscient de bons sentiments coagulé à des réflexes archaïques qui lui font encore préciser un enfant français ou étranger. Elle sait que la loi française se montre plus tatillonne pour couper les liens avec la famille de sang. Résultat, ces enfants seulement « placés » vivent de statuts et de ressentis hybrides. Évidemment, elle n'a pas envie d'un enfant en dépôt, un simple « confié » qu'on pourrait venir récupérer à tout moment. Elle veut que sa fille soit bien à elle, même si elle n'a pas le sens de la propriété très développé, mais cela lui paraît essentiel pour toutes les deux.

Dommage qu'elle ne puisse pas à ce stade en dire plus sur elle-même dès le premier courrier. Pas sûr qu'elle le puisse davantage plus tard. Il lui faut rester neutre, en position parking. Ce n'est qu'après qu'elle pourra afficher sa détermination.

Dernière hésitation avant son envoi, sa considération doit-elle être respectueuse ou ses salutations se contenter d'être sincères ? Elle a plutôt tendance à traiter chaque personne de la même manière, avec courtoisie et respect. Un crédit qu'elle accorde à chacun avant toute déception. Elle laisse donc sa formule de politesse réduite à la sobriété d'une expression usuelle.

Puis elle descend mettre elle-même sa lettre dans la boîte. Compte tenu de l'enjeu, toute délégation est impossible. Elle fait d'ailleurs plusieurs fois le tour du précieux réceptacle pour vérifier qu'il ne soit ni percé ni hors d'usage et s'assurer des heures de levée.

Elle est rentrée à la fois soulagée et inquiète. Il n'y a plus qu'à tromper son attente en vivant le plus naturellement possible.

Il l'appelle juste pour lui souhaiter une bonne soirée. Cela fait un petit moment qu'il ne lui a rien souhaité même si elle ne demande jamais rien. Mais ça aussi, ce n'est sûrement qu'une illusion. Les demandes les plus exigeantes sont celles qui ne se lisent pas forcément sur les lèvres.

12

Elle n'a rien dit de sa démarche, même aux personnes les mieux bienveillantes de son entourage. Si elle s'est imposé ce mutisme, ce n'est pas tant par défiance que par superstition pour ce qui n'existe qu'à l'état embryonnaire. D'ailleurs, les femmes réellement enceintes n'évoquent-elles pas leur grossesse que lorsqu'elles sont sûres qu'elle ne va pas leur échapper ? Elle n'a pas encore à ce stade envie de se soumettre à l'avis des autres ni à leur approbation ou leurs réserves.

Elle va rester au plus près de ce désir intime et ne le partagera que lorsqu'il prendra la forme d'un visage et la sonorité d'un prénom. Elle a toujours su taire ce qui lui était vraiment essentiel. Sûrement un réflexe acquis au sein d'une famille qui murmure l'important et crie l'anodin comme si elle était éternellement sur écoute. Et puis s'exprimer à ce stade serait s'exposer aux doutes, aux phrases expéditives et à des opinions définitives. Elle n'a besoin d'aucun conseil, même les plus désintéressés. Elle veut cheminer à son rythme sans buter sur la moindre opinion.

Elle a rédigé sa demande quelque temps après avoir reçu le courrier de Jean-Pierre qui lui a glissé avec la brochure des reproductions très convaincantes de tentes luxueuses aux lits si larges qu'on est à peu près sûr de n'y croiser personne, une photo de Wayan désignée d'une flèche rouge au milieu d'un groupe d'enfants qui s'appuient sur une barrière dérisoire. Il a aussi envoyé des photos de son village avec les façades de bambous tressés des maisons construites en harmonie avec les lois du cosmos.

Superbe sourire d'enfant aux dents écartées par l'insouciance et qui sait d'instinct attendrir. Elle contorsionne ses deux jambes maigres et met un pied l'un sur l'autre pour l'obliger à se fixer. Elle porte une robe en vichy rose et blanc avec un volant qu'elle tient comme si elle s'apprêtait à faire la révérence. Des taches de poussière viennent contrarier la géométrie des couleurs, sûrement dues à ses vagabondages tout au long du jour pour s'emparer du vent. On la devine en perpétuel mouvement, jamais rassasiée de courses ni de soleil. Elle veille d'une façon protectrice sur les deux jeunes garçons qui l'entourent et il y a quelque chose de très déterminé dans son regard.

Judith ne sait pas pourquoi cette photo a provoqué en elle une attraction irrationnelle. Elle se demande toujours quel est l'intérêt réel de Jean-Pierre quand il insiste sur quelque chose. Elle n'arrive pas à le créditer d'une innocence parfaite pourtant nécessaire dans un rapport d'amitié. Il a toujours une idée en arrière-plan dont on connaît la cause longtemps après que les effets se soient révélés. Mais là, elle le sent sincère. Il veut sans doute lui faire profiter de ce qu'il a nommé sa formule « win-win » et pense qu'elle ne pourra que se réjouir de développer une relation avec cette enfant qui manque de trop de choses et vers laquelle elle pourrait diriger ses trop pleins. Elle se dit qu'elle pourrait commencer par aller la voir et créer au fil du temps une complicité. Un monde de « peut-être » semble jaillir de cette photo. *L'espoir, cette tragédie…*

Elle l'a emportée dans sa chambre et l'a placée sur sa table de nuit sans trop comprendre pourquoi lui réserver un tel honneur. À quoi son quotidien peut-il bien ressembler ? Elle sait sûrement se contenter d'une feuille de palmier pour s'amuser. Les enfants qu'elle connaît se satisfont à peine d'un magicien professionnel réservé quatre semaines à l'avance ou de la construction d'une tour Eiffel par une animatrice d'un centre Kapla, en échange d'un sourire.

Elle a cherché quelques images de paysages indonésiens sur son moteur de recherche en passant d'une vue de l'océan aux flancs d'un volcan puis en s'attardant sur des terrasses de rizières sculptées. Peut-être que cette végétation luxuriante la rend aussi blasée que les enfants des grandes villes qui ne remarquent plus la beauté qui les entoure. Ce qui est inscrit depuis trop longtemps dans nos rétines n'a plus la même force d'émerveillement.

Elle a repensé à l'émission qui l'avait tant émue avec ce petit garçon des Carpates qui racontait des histoires à ses canards en plastique, adoubé par sa mère assise sur le rebord de la baignoire. C'est après qu'elle avait regardé les démarches à effectuer en vue d'adopter. Rien que pour voir, juste pour commencer par quelque chose en se disant que cela allait être terriblement long avec très peu de chances d'aboutir. Alors autant faire le premier pas rapidement et cette lettre qu'elle a envoyée il y a quelques jours est le premier qui compte. Quelques lignes écrites sur un ton impersonnel, avec l'habitude que lui confère son métier d'en rédiger des plus sophistiquées. À ce stade, cela ne représente encore rien de concret. Juste une approche, un frôlement avant de s'emparer du réel. Cela devient vite effrayant si elle considère que l'enjeu porte sur ses quarante prochaines années. Et même si c'est le bon moment, ce n'est pas encore irréversible. Rien ne l'est d'ailleurs. Elle pourra arrêter si elle n'y croit pas ou plus. Mais on ne peut pas gagner au loto sans acheter de ticket, alors pourquoi pas ? Ce serait bête de ne pas avoir les autorisations nécessaires si l'opportunité se présentait. Est-ce que Wayan est une possibilité ? Une parmi d'autres, ou celle qui les contiendrait toutes ?

13

Quand elle reçoit sa première convocation au service de l'aide sociale à l'enfance, elle a eu le temps de célébrer la nouvelle année.

La longueur des attentes aux audiences lui a permis de s'exercer à répondre mentalement à n'importe quel type de question, de la plus intime à la plus banale. Elle sait que la chance est un fusil à un coup et il ne faut pas qu'elle rate sa cible.

Elle s'attend à être reçue par une personne désabusée par des années à gravir péniblement des échelons et désireuse de valider des trimestres pour sa carrière. Or la jeune femme qui lui fait signe de s'asseoir dans ce bureau impersonnel d'un immeuble sans âme du douzième arrondissement est au contraire plutôt avenante et encore très loin de la retraite. Elle complimente Judith sur son collier qu'elle trouve très gai et parfaitement assorti à son chemisier qu'elle palpe comme si elle ne se rappelait plus quel accessoire elle a mis, alors qu'elle a au contraire réfléchi à chaque détail de sa tenue pour ne pas en faire trop.

« Ah oui, je l'aime beaucoup aussi. Je l'ai depuis longtemps et chaque fois que je porte du vert, je le mets. »

On dirait deux copines qui s'apprêtent à aller faire du shopping ensemble. Elle n'a évidemment pas dit que cette couleur est censée lui porter chance.

L'employée sort une feuille et lui pose d'abord quelques questions d'ordre administratif d'une façon anodine. Manifestement, elle n'a pas l'intention d'être indiscrète et il n'est pas davantage dans ses desseins de vouloir la coincer. Même sur les motivations de sa démarche, elle ne se veut pas intrusive et lui assure que ses questions sont classiques.

Judith s'emploie à moduler chacune de ses réponses et à ne pas aller au-delà de ce qu'elle lui demande. Dans ses répétitions, elle avait mis en vrac l'amour reçu de ses parents, un compagnon à temps partiel et un bon réseau de copines prêtes à l'aider. Mais à présent, face à cette jeune femme qui a l'air de ne pas trop rechercher la confidence, elle pense que la sobriété est plutôt de mise. Et de même qu'elle évalue parfaitement l'humeur du jour d'un juge, elle a l'impression de toujours lire distinctement les bulles invisibles qui se fixent en surimpression au-dessus de ses interlocuteurs et qui l'informent sur leur état d'esprit.

« Est-ce que votre adoption est envisagée dans un but humanitaire ? »

La question n'a pas été précédée d'un effet quelconque. Elle s'est glissée très naturellement juste après celle relative à la présentation de sa famille. Et bien qu'elle s'y attendait, parce que quelqu'un lui en avait déjà parlé, elle réfléchit un instant pour ne pas dévoyer sa réponse. À vrai dire, elle ne voit pas comment on peut délibérément se mettre dans une galère au nom d'un pur élan humanitaire sous prétexte qu'on a envie de s'ouvrir les portes du paradis. Elle veut juste montrer qu'elle est lucide sur son incapacité à prendre un engagement qui pourrait saccager son propre équilibre mais ne veut pas que sa réponse apparaisse trop abrupte. Si elle pouvait s'exprimer librement, elle n'hésiterait pas à lui dire : *Non, madame, je ne fais pas ça dans le cadre d'un projet humanitaire.* Ou alors : *C'est plutôt moi que je cherche à sauver.*

Il paraît que « qui sauve une vie sauve l'humanité » ; est-ce que ça marche aussi quand la vie sauvée est la sienne ? Peut-on plaider qu'on fait une pierre deux coups par cette bonne action ? Mais cela va être difficile de duper Dieu qui la voit et qui sait bien que c'est surtout elle qu'elle veut préserver en priorité.

Et puis y a-t-il quelque chose qu'on fasse vraiment pour les autres sans espérer toucher au passage sa commission ? Le premier des bénéfices est bien a minima son regard sur soi qu'on cherche à gratifier et qui justifie tous les sauvetages de la création.

À présent, elle se dit qu'il faut arrêter de réfléchir, que cela va finir par se voir et la jeune femme a sûrement mieux à faire qu'à attendre toutes ses réponses alternatives.

« Alors non pas vraiment humanitaire, mon projet est tout simplement de... »

Elle sent qu'elle bloque ; d'abord parce que chez elle rien n'est fait tout simplement et puis en fait elle a du mal à définir ses motivations profondes. Mais est-ce que chaque fois qu'une femme se retrouve enceinte, elle doit se justifier ? Non, alors elle voudrait le droit au même traitement. Et elle s'entend répondre :

« En fait, je suis là parce que je veux, pardon, parce que je souhaiterais adopter un enfant. Tout simplement. »

Point barre. Elle n'a rien d'autre de grandiose à lui servir. Et dans son esprit, sa façon de le formuler signifie je veux un enfant à aimer dans le cadre d'un projet banal de maternité. Mais elle sent que c'est sûrement trop présomptueux de le présenter comme ça à ce stade. Oui, elle a bien réfléchi ! De toute façon, vu les délais que cela va prendre, elle pense qu'elle ne va avoir que ça à faire, réfléchir. *Alors ne vous tracassez pas pour ça. D'ailleurs, si vous avez un truc à me conseiller qui me permette de ne pas trop réfléchir, je suis preneuse,* a-t-elle envie de rajouter. *Une sorte de décongestionnant cérébral qui nettoierait les circuits encombrés ! Ah, ça n'est pas encore sur le marché ? Vous voyez que la science a encore bien des progrès à faire.*

Et là elle se livre, malgré ce qu'elle s'est interdit de faire avant de venir, à quelques diatribes sur la chance qu'elle-même a eue.

« Ah si vous connaissiez mes parents, vous aussi vous auriez envie d'adopter. »

« Ah oui, je sais, ce ne sont pas eux qui adoptent. Soit, mais si vous saviez ce que je compte sur eux pour me décharger, pardon me seconder. C'est important des grands-parents. Surtout ceux-là, ils sont incroyablement au point depuis le temps qu'ils attendent et combien ils l'aiment déjà cet enfant que je leur ai promis. »

Elle aurait même envie de rajouter :

« Je sens que je mélange tout mais c'est un peu vrai. Après tout, s'ils ne m'avaient pas donné autant d'amour, aurais-je vraiment envie d'en redonner à mon tour ? Me sentirais-je aussi redevable ? D'ailleurs, je pense que chaque relation est une histoire d'adoption et j'ai souvent eu le sentiment d'avoir aussi adopté les miens. Et mon grand frère ? Si vous saviez ce qu'il m'a apporté bien au-delà de son intelligence et de sa culture. Il m'accompagnait à mes oraux et attendait dans le couloir pour voir comment je m'en étais sortie. Il ne m'a fait entrer dans la vie que par son côté exceptionnel. Pas étonnant que je recherche la même chose chez mon compagnon, tannée par cette envie de tous les bluffer qui ne me quitte pas. »

Mais elle sait qu'elle s'éloignerait du sujet, à moins qu'en réalité elle n'en soit jamais aussi proche…

« Ah, c'est au psychiatre que je vais devoir parler de tout ça ? »

« I can't wait » comme disent les Américains chaque fois qu'on leur annonce quelque chose dont ils se fichent éperdument au fond d'eux.

Bon, ces divagations sur le côté superficiel du manque, version américaine, ne vont sûrement pas intéresser son interlocutrice.

C'est ce qu'elle aurait pourtant envie de lui crier mais elle transforme chaque réponse pour la rendre audible avec une économie de mots et de sentiments.

L'employée a pris quelques notes puis la questionne à nouveau d'une voix atone :

« Pourquoi votre demande est faite en tant que mère célibataire ? »

Eh bien voyez-vous, pour une fois, il y a une logique. Ma démarche correspond exactement à mon état civil. Vous pourriez saluer la cohérence.

« Mais je peux vous rassurer, cet enfant ne sera pas isolé. Mon compagnon sera très présent, j'en suis sûre, mais n'étant pas mariés, la démarche ne peut être faite que sous mon seul nom. »

Elle banalise pour se mettre au niveau d'une administration qui aime tout faire rentrer dans des cases.

Il lui a pourtant bien déclaré un soir après qu'elle ait ressenti sa fierté à la voir s'adapter à ses amis les plus hétéroclites et à leurs discours les plus décalés qu'elle était « la femme pour toutes les saisons ». Mais voilà, sur le formulaire à remplir, cette mention n'existe pas. On est soit marié soit célibataire. Alors ce n'est pas le moment de tout compliquer ni d'expliquer leur mode de fonctionnement. Encore moins d'indiquer que toutes leurs rencontres se font sur le mode d'une livraison : il lui téléphone la veille pour lui annoncer son passage et lui communiquer sa tranche horaire.

Quel est le rapport avec l'adoption ? Eh bien elle n'en sait fichtre rien encore mais c'est à peu près la même chose qu'une intention de vote. Tant qu'on n'a pas mis le bulletin dans l'urne, on ne peut pas dire pour qui on va voter. Et elle pense que d'ici à ce que cet enfant s'installe dans son appartement, il aura eu tout le temps de préciser ses intentions à leurs égards.

Tout à coup, Judith réalise que la charmante employée qui guigne sur son collier très gai lui a bien mentionné la nécessité de consulter un psychiatre, choisi sur une liste. Elle l'a indiqué au détour d'une phrase, sans même relever la tête de sa feuille comme si elle faisait une partie de mots croisés et qu'elle venait de trouver le mot juste qui colle horizontalement comme verticalement, si bien que sur le moment, Judith a pensé que cela ne s'appliquait pas à elle. Soyons sérieux, il y a tellement d'obligations administratives qui ne peuvent pas la concerner ! Pourquoi celle-ci ne serait pas une simple préconisation parmi d'autres sans force exécutoire ? D'ailleurs, elle se demande si ce n'est pas une stratégie délibérée de tout dire comme ça sur un ton badin pour l'aider à trouver tout très naturel. Mais la charmante lui tend la liste des médecins parmi lesquels elle devra choisir.

Est-ce qu'on est proche de la démence quand on veut adopter ? est-elle tentée de demander. « C'est obligatoire », lui déclare-t-elle en buvant une gorgée d'eau à la bouteille pour étancher la soif des autres dans leur désir de donner de l'amour. « Mais ne vous inquiétez pas, cela se passe toujours très bien. Cela fait partie du deal », se contente-t-elle de préciser. Dans le kit adoption, on trouve donc un bon pour une consultation chez un psychiatre. Dont acte. Alors Judith a une requête silencieuse : mesdames, chaque fois qu'un homme s'approchera de vous avec l'intention de déposer un lot de spermatozoïdes dans vos ovules, que ce soit d'une façon directe ou indirecte, fait en pleine conscience ou en totale insouciance (juste pour le plaisir), en pleine lumière ou dans le noir absolu, je vous serais obligée de bien vouloir consulter juste avant un psychiatre. Car je ne voudrais pas avoir à vous rappeler l'article premier de la Constitution qui garantit l'égalité devant la loi de tous les citoyens et a fortiori des citoyennes. Dois-je aller plus loin dans mes explications ou en faire une question prioritaire de constitutionnalité ?

« Mais non, je ne le prends pas personnellement, je vous assure. Bien sûr que j'aurais sûrement besoin de ses conseils ou de son avis. Cela m'étonne, c'est tout. »

Elle n'ira pas plus loin dans sa surprise car elle ne veut rien compromettre. Difficile d'être exigeant quand on a que des demandes à formuler et pas les moyens de s'en libérer.

Ah, et puis ce compagnon qui est pourtant très présentable ne compte pas non plus ? On s'en moque qu'il soit dans sa vie, car ce n'est manifestement pas un projet parental commun. Mais qu'est-ce que vous en savez ? Vous le disqualifiez sans lui laisser une chance de s'exprimer. Mais savez-vous au moins pourquoi il ne dit rien ? Eh bien tout simplement parce qu'il n'est pas au courant. C'est une bonne raison, non ? Et Judith s'est surprise à sourire, et elle s'en est justifiée par la vue d'un papillon qui est venu se poser opportunément sur l'épaule de son interlocutrice.

« Vous avez une jolie broche éphémère qui vient de s'envoler. »

Elle l'a désigné de son doigt pour montrer que non elle n'est pas prise d'une crise convulsive de folie qui justifierait le psychiatre immédiatement. C'est juste la vie qui s'introduit dans leur conversation. L'employée a fait oui de la tête et a repris sa feuille. Elle a le cheveu fin et triste et une frange raide qui lui raccourcit un peu le visage trop oblong. Pas de maquillage, faute de temps ou d'envie. Elle fait partie des bataillons de gens qu'on croise et qu'on ne reconnaît plus dès qu'ils sont hors contexte. Mais elle fait très bien l'affaire pour ce genre de relation intérimaire, sans agressivité ni empathie particulière, pour mieux assurer une égalité de traitement.

« Dernière question et je vous libère *(sous-entendu c'est plutôt moi qui me libère de vous car je dois encore en recevoir un certain nombre d'illuminées comme vous qui vont me parler de la même chose dans le désordre)*.

– Oui bien sûr, j'ai tout mon temps et suis à votre disposition. »

Judith sent que la réciproque n'est pas vraie, mais là non plus pas question d'épiloguer :

« Jusqu'à quel âge accepteriez-vous d'adopter ? Plus ou moins cinq ans ? »

On dirait une question du *Trivial Pursuit* avec cinq réponses possibles dont trois évidemment fausses. Mais celle-là, elle ne l'a pas davantage révisée et comme tout candidat pris en défaut, elle doit à la fois réfléchir vite et calibrer ses réponses pour rester dans la compétition.

« Non, il n'est pas nécessaire que ce soit un bébé », ce qui semble plaire à son examinatrice qui hoche la tête en reportant sa réponse. Les premiers douze mois dans son esprit sont très facilement négociables. Elle évite toutefois de faire usage d'un vocable trop proche du monde du négoce. Après un instant de réflexion, elle s'entend dire :

« Je pense que nous pouvons aller jusqu'à trois ans. »

Elle est elle-même surprise par l'audace de sa réponse, sûrement due aux réflexes acquis dans son métier à trouver des solutions à brûle-pourpoint sans avoir vraiment le temps d'en mesurer immédiatement les conséquences. Une sorte de poker menteur, un bluff à deux joueurs dont un seul est vraiment concerné par l'enjeu.

Pourquoi trois ans ? Sans doute pour d'abord se rapprocher des cinq suggérés qui semblent être un point favorable pour la suite de son dossier dans sa position de célibataire. Ensuite parce qu'elle suppose que c'est la date limite de la mémoire pour ne pas enregistrer d'images trop encombrantes. Elle peut encore espérer être son premier véritable sourire et surtout son premier grand souvenir.

Encore une fois, sa réponse est enregistrée sans émettre le moindre avis ni jugement, elle voit juste la frange se soulever sous la frénésie de l'écriture.

« Et vous seriez d'accord pour que l'enfant vienne d'un autre continent ? »

Là non plus elle n'a pas révisé. Elle semble hésiter sur la formulation. Puis se lance :

« J'avoue avoir besoin d'une identification possible. »

C'est bien une réponse d'avocate. Au lieu de dire « mais vous n'y pensez pas », au risque de se faire taxer de raciste et autres aménités, elle prend la précaution de justifier sa position par son désir d'avoir un enfant qui pourrait au moins vaguement lui ressembler.

« Mais je comprends parfaitement qu'on fasse un choix contraire et que cette considération ne soit pas importante. Disons que j'ai envie de me laisser une chance qu'on puisse penser à une filiation biologique. »

Pourquoi a-t-elle parlé de chance ? Comme si lui ressembler pouvait en être une ! Elle s'en veut immédiatement ainsi que de sa façon de toujours vouloir se justifier comme s'il fallait présenter la phrase avec son correcteur. Elle vient de saper tous ses efforts pour paraître très ouverte. Est-ce que Wayan ne serait pas une option possible ? Et pourtant elle ne lui ressemble pas. Elle réalise l'effet désastreux d'une telle assertion et se croit obligée de rajouter :

« Vous voyez, je suis sincère. »

Mais qui lui a demandé de l'être ? Combien de fois a-t-elle conseillé à ses clients trop soucieux de paraître honnêtes de ne livrer aucun détail qui ne leur aurait pas été demandé ? D'ailleurs, cette employée auprès de qui elle exorcise ses angoisses n'a sollicité aucune précision. Cela ne jouera pas sur son avancement d'échelon ni sa pension de retraite. Alors elle peut lui livrer toutes les justifications qu'elle veut en vrac avec la gomme incorporée pour effacer les mauvaises impressions, elle n'est là que pour enregistrer les désidératas de parents désespérés de ne pas l'être encore et qui passent une commande sans être sûrs de la conformité de l'objet livré. Elle n'est pas payée pour être étonnée et se contente d'écrire dans une forme d'indifférence, sans ajout moralisateur dans le regard. Elle n'a définitivement pas d'avis ; elle laisse cela à ses interlocuteurs, comme elle laisse à leur conscience le soin d'évaluer leurs véritables motivations et leurs préventions sous-jacentes.

L'entretien semble à présent toucher à sa fin. Elle a manifestement réuni toutes les informations utiles au dossier qu'elle va transmettre. Elle insiste encore sur la longueur du processus et la nécessité de s'armer de patience. Elle la raccompagne en lui souhaitant bonne chance et lui indique qu'elle sera convoquée ultérieurement à une réunion d'information avec d'autres candidates, mères célibataires comme elle, puisqu'elle concourt dans cette catégorie. Dommage que l'administration n'ait pas prévu le statut de « femme pour toutes les saisons. »

14

Elle décide de ne pas aller au bureau car elle est incapable de gérer d'autres inquiétudes que les siennes. Elle ne sait pas quoi penser de sa prestation du matin ni même si elle a fait bonne impression. Peut-être en a-t-elle trop raconté malgré son vœu de rester sur le seuil de chaque mot. Elle a sûrement exagéré son côté diffuseur d'émotions essentielles.

Elle n'a pas davantage envie de rentrer chez elle. Elle passe devant une agence de voyages aux posters racoleurs et y pénètre sans trop savoir ce qu'elle va demander. Elle prend plusieurs brochures sur le comptoir de l'entrée.

« Madame, si je peux vous aider, n'hésitez surtout pas.

– Merci beaucoup, je regarde juste. »

Même réponse que lorsqu'elle ne veut pas être ennuyée dans un magasin pour essayer une tenue dont elle ne sait pas encore si elle lui plaît vraiment. En fait, elle n'a pris que la documentation qui concerne l'Asie. Elle rajoute deux ou trois catalogues sur l'Amérique du Nord. Un peu comme dans un bureau de vote où l'on ne veut pas dévoiler le candidat de son choix et qu'on s'emploie à se saisir de plusieurs bulletins pour brouiller les pistes.

Elle repense à sa discussion avec Jean-Pierre et à sa proposition de parrainage. D'ailleurs, lors de son entretien du matin, elle a laissé flotter l'image de Wayan au-dessus de leurs têtes, ce qui a dû induire certaines de ses réponses. N'a-t-elle pas immédiatement modifié celle concernant l'adoption d'un enfant venu d'un autre continent ?

C'est étrange ce besoin d'incarnation, comme si sa démarche ne pouvait être faite dans le vide. Elle a eu besoin de se la représenter pour se donner une réalité.

Elle l'imagine dans une détresse absolue, snobée par un paysage luxuriant qui lui interdit de se plaindre. Jean-Pierre lui a donné toutefois trop peu d'éléments pour comprendre exactement sa situation en dehors du fait qu'elle vive chez sa tante au milieu d'une tribu de cousins. C'est trop peu pour connaître la réalité de son quotidien, mais bien assez pour commencer à échafauder des hypothèses. Il faudra qu'elle lui demande plus de détails. Au fond, elle aime bien son côté fantasque et imprévisible et même s'ils ne se livrent pas à des confidences sur leurs vies, il l'entraîne souvent vers des ailleurs virtuels, des destinations dont elle n'est pas certaine qu'il les connaisse vraiment mais dont il parle si bien. Il rêve ainsi de refaire le parcours de la conquête d'Alexandre le Grand. Pas étonnant qu'il y ait quelque chose de conquérant en lui, sans doute sa vision romanesque dans son rapport à l'Histoire. Il est d'ailleurs intarissable sur les ennemis héréditaires qui se traitent mieux morts que vivants.

Ils ont en commun le même sentiment de s'être trompés d'époque, elle parce qu'elle ne trouve pas dans celle qu'elle vit de socle assez puissant pour y arrimer ses rêves, lui pour des raisons d'identification civilisationnelle. Leurs rencontres prennent toujours les allures de récits superposés et révèlent un appétit commun d'un autrement dont ils ignorent à quoi il pourrait ressembler réellement. Ils se quittent souvent à contrecœur, ce qui ne signifie pas grand-chose puisque leur séparation peut durer plusieurs mois jusqu'à ce que l'envie de tester à nouveau leur imaginaire leur reprenne. Un appel à la divagation sans ordre du jour précis.

Alors pourquoi ne pas envisager un petit voyage du côté de chez Wayan et en profiter pour tester les tentes de luxe de son foutraque copain ?

Pour l'instant, elle ne fait que se renseigner. Décidément, toute sa vie se tient à l'affût, comme dissimulée derrière un moucharabieh.

15

La vie ce matin est en bas, quelque part dans ce bar-tabac au pied de son immeuble où elle se distille dans sa tasse de café avalée au milieu de compagnons d'âmes qui ont comme elle déserté leur cuisine et leurs odeurs trop personnelles.

Elle se sent mue par une énergie que son projet a quintuplée. Elle est en trêve, à défaut d'être en paix, avec la société telle qu'elle se livre à elle, prête à laisser ses pulsions professorales de côté. Elle garde donc ses remarques purificatrices pour une autre fois, quand elle se sentira moins en forme et qu'elle aura besoin d'une victime expiatoire.

Échange de sourires avec son voisin de comptoir en salopette bleue. La voilà prête à partager sa pause casse-croûte en commentant avec lui l'actualité et ses remarques pleines de bon sens :

« Non mais ils se foutent de nous en haut lieu. Ils veulent renforcer l'enseignement des langues vivantes. Faudrait p'têtre qu'ils commencent par le français ! »

Rien à dire. Elle confirme en hochant la tête pour ne pas apparaître trop prétentieuse dans sa réponse.

« Bonne journée, faut que j'file. Au revoir mademoiselle. »

Merci pour le mademoiselle, à moins que ce soit celui des génériques de cinéma sans rapport avec l'âge, juste pour indiquer le couturier qui a confectionné les costumes.

Précipitation hâtive dans le métro comme s'il s'agissait du dernier embarquement possible, une arche de Noé quotidiennement renouvelée avec toutes les espèces humaines à bord.

Direction Orly pour se rendre à Marseille pour plaider un dossier. Bien sûr elle laisse son portable allumé le plus longtemps possible. Cela lui donne de l'importance et de l'espoir. Mais le dernier message avant le décollage est celui de sa masseuse qui lui demande si c'est le corps entier qu'elle devra traiter la prochaine fois.

« Non rien que le dos Nathalie, on fera les jambes une autre fois. »

Elle murmure :

« Non pas le ventre, je ne pourrai pas quand vous viendrez. »

Cette dernière remarque semble surprendre son voisin de siège qui se laisse heureusement vite distraire par l'arrivée, juste avant la fermeture de la porte de l'avion, d'une femme à la trentaine flamboyante, tailleur et bouche pied-de-poule, manteau à col châle. Elle tient son sac Chanel en bandoulière comme une arme prête à tirer et vient s'asseoir de l'autre côté de sa rangée, histoire qu'elle mémorise bien ce qu'elle ne sera jamais. Elle n'a pas encore éteint son téléphone qui l'inonde d'appels. Judith l'entend gérer son planning affectif et amical en se laissant des battements d'une demi-heure pour avoir le temps de souffler entre deux distractions.

Elle ponctue toutes ses phrases par un « super » à l'accent traînant insupportable, prêt à se faire ramasser par n'importe quelle oreille. Elle croise ses jambes avec élégance, refuse bien sûr le plateau du petit déjeuner car elle ne mange jamais rien le matin et sûrement peu à midi et encore moins le soir.

L'hôtesse se fait happer par les propos d'un passager frisant le grivois, qu'elle dégage d'un coup sec pour éviter le corner. Elle ne s'est pas départie de son sourire ni l'auteur des propos grossiers, de sa vulgarité. Pendant le vol, l'avion tangue à plusieurs reprises et Judith ne cesse de la fixer pour voir si elle ne s'affole pas. Aucun danger n'est signalé dans son regard.

Elle se détend un peu, sort son dossier, le feuillette, cherche sa phrase de démarrage pour sa plaidoirie. Elle sait qu'il lui en faut une pour amorcer la pompe à arguments et que le reste suivra. Elle n'a pas ce genre d'inquiétude. Elle n'est jamais restée bloquée à ne pas savoir quoi dire.

Son correspondant est bien là à l'attendre à son arrivée. Il lui explique les problèmes de circulation du centre-ville. Elle lui rappelle qu'elle vient de Paris et que s'il veut rivaliser, il va falloir trouver autre chose. Marseille a sûrement d'autres inconvénients que des embouteillages.

Alors effectivement, il lui annonce que le président devant qui son affaire est appelée vient de changer et qu'il n'est pas très accommodant. Elle se dit que c'est curieux, mais qu'elle a souvent le sentiment d'encourager les mutations. La voilà assaillie par la crainte qu'il exerce sa nouvelle autorité sur elle.

Elle va se présenter avant que l'audience ne débute comme le veulent les usages. Elle n'a le droit de sa part à aucune parole aimable. Elle se convainc qu'il doit être un grand timide qui cache bien son jeu, mais à sa façon rugueuse de mener son audience, elle en conclut que c'est surtout un grand frustré qui profite de sa position.

Elle pense à sa mère quand elle l'encourageait à avancer dans la forêt en lui disant que les bêtes qui semblaient l'inquiéter avaient en réalité plus peur qu'elle. Sauf que cet avertissement est sûrement vrai pour les animaux sauvages mais pas pour les magistrats!

Elle attend donc sagement tassée sur son banc et observe. C'est décidément un métier qui renvoie toujours ceux qui le pratiquent à leur temps d'écolier où l'on était jaugé, évalué et classé en bon ou mauvais élève. Elle ressort toujours d'une audience dans le même état qu'après un examen de passage dont elle aura le résultat ultérieurement avec des impressions mitigées qui ne correspondent pas toujours à la réalité.

Cette fois encore, malgré son tailleur élégant et ses gestes assurés, elle se prépare à cet affrontement. Dans quelques minutes, il lui faudra asséner avec beaucoup d'aisance des arguments auxquels elle sera seule à croire. Malgré la phrase emphatique qui masque l'idée creuse prononcée avec l'expression d'une colère qui ne l'anime pas, elle reste étrangère au conflit.

Sa rage est exempte de courroux, ses indignations exsangues de jugement. Elle se surprend même à être parfois séduite par l'audace de ses propos plus que par leur consistance. Il lui arrive pourtant d'être sincère lorsqu'elle réussit à se persuader de la thèse qu'elle soutient ou qu'elle a rendu son mensonge excusable.

Mais à ce moment précis, elle se sent encore comme une enfant qui attend sagement son tour pour réciter le poème qu'elle a appris par cœur et qui craint d'oublier une strophe. Alors pour tromper cette attente, elle repense à ce voyage qu'elle envisage pour aller à la rencontre de Wayan sans très bien comprendre quel type de lien elle espère tisser.

Elle l'imagine déambulant parmi les rues de son village, insensible à la forte chaleur qui doit envahir l'île à cette heure. Face à elle, son oncle se repose en fumant un kretek qui répand ses senteurs de clou de girofle dans son sillage.

Alors, tassée sur son siège en attendant que le greffier d'audience daigne faire émerger de sa pile son dossier, elle voit Wayan ceindre sa petite taille d'un paréo oublié sur une plage et entamer une danse balinaise dans une gestuelle codifiée qui fait vaciller sa tête en dressant ses mains en position de prière. Elle imagine son regard se déplacer latéralement comme s'il voulait pousser les murs trop étroits de son univers tandis que sa tête s'immobilise.

C'est précisément à cet instant qu'on appelle son affaire et que le président lui donne la parole. À elle à présent de prendre le plus grand soin de ses offrandes à déposer dans la corbeille de la justice pour que celle-ci se montre clémente.

Il ne lui reste plus qu'à entrer en semi-transe pour démontrer son état de possession de la règle de droit. L'esprit n'est pourtant pas à la fête. Elle sent le tribunal pressé d'en finir et voit le nouveau président tendre déjà ses mains dans une chorégraphie bien rodée pour lui signifier qu'il est grand temps qu'elle lui remette son dossier. C'est sa façon de lui faire comprendre que son opinion est faite et que c'était déjà le cas avant même qu'elle ne prenne la parole.

Dans l'avion du retour, elle se promet que son prochain voyage sera pour aller à la rencontre de Wayan. Elle se voit déjà acheter tout ce qui se consomme en dessous de dix ans. Transcendée par cette nouvelle mission, cernée par des téléphones portables dont le niveau sonore des conversations témoigne de la virilité sociale de leur détenteur, elle intercepte au passage quelques excuses conjugales sur un retard inventé, suivies de conversations adultérines avec les voisines de siège.

« Oui chérie, tellement désolé de ce retard, je crois que je vais passer une nuit de plus sur place. »

Elle a beau se savoir dispensée d'un pareil simulacre, elle regrette toutefois de n'avoir personne pour qui l'heure de son retour pourrait avoir une quelconque incidence sur le cours de sa soirée.

Si elle n'arrivait que demain ou dans une semaine serait indifférent à la plupart de son entourage en dehors de ses parents. La voir peut toujours être différé ou reporté. Elle n'a dans sa vie personne à qui vaille la peine de mentir. Ce qu'il y a de plus contraignant dans le couple lui fait à cet instant cruellement défaut.

Elle aussi voudrait avoir quelqu'un auprès de qui elle serait sommée d'avoir à fournir des alibis qui tiennent.

Or, elle sait que sa disparition ne deviendrait préoccupante qu'au bout d'un temps trop long pour pouvoir encore parler d'un sentiment véritable.

Dans la file d'attente des taxis, elle laisse passer tous ceux qui sont attendus.

Arrivée chez elle, elle se place sous le joug de son chat qui règne en maître dans son salon. Elle s'allonge pour cinq minutes encore tout habillée et se réveille dix heures plus tard, le temps nécessaire d'un bon cycle d'essorage de ses pensées négatives.

16

La réunion prévue dans le cadre de la procédure d'adoption se veut essentiellement informative. L'assemblage est pour le moins hétéroclite ; elle a si peu en commun avec ces visages anxieux et froissés qui l'entourent. Elle a le sentiment de participer à une présentation pour des inscrits à un voyage organisé à qui on va exposer le programme. Elle aurait sûrement demandé le remboursement de son acompte s'il lui avait fallu faire un circuit en cette compagnie.

Il n'y a aucun homme présent tenté par l'aventure en solo. Elle a craint, avant de venir, de devoir assister à une version *Weight Watchers* avec un tour de table pour libérer la parole sur les blocages qui font qu'on ne maigrit pas. À en écouter certaines et leur désespoir palpable, le psychiatre imposé aurait sûrement été souhaitable beaucoup plus tôt dans leur vie. Judith se contente d'écouter. Nul besoin de pactiser. Elle ne les reverra vraisemblablement jamais.

La première à lever le doigt et qui se tenait jusque-là affalée au trois-quarts, les jambes raides déployées devant elle, annonce qu'elle est très sûre de son projet et précise d'emblée qu'elle opte pour une fratrie. Histoire de dire, *attention, autant être claire tout de suite, moi je vois les choses en grand.* Elle espère sûrement accumuler un crédit d'avance. Elle explique vouloir ainsi mettre « toutes les chances de son côté ». Judith reste sceptique sur sa définition de la chance et sur le sens caché de sa proclamation.

Cela ne lui est même pas venu à l'esprit d'en adopter plusieurs et qui plus est, en même temps, même si c'est plutôt tendance et que cela plaît à l'administration. Comme la demande est forte, on favorise sûrement celles qui se montrent très participatives.

Elle aurait trop peur d'introduire une cinquième colonne dans son appartement et de devoir faire face à un front du refus coalisé contre elle. Elle se les représente alignés par ordre de grandeur, regroupés par continent, les bras croisés et refusant d'obtempérer à ses instructions, façon bande séditieuse.

D'ailleurs, elle reste perplexe sur le désir à faire beaucoup d'enfants. Jusqu'à deux, facile de se repérer, mais au-delà plus difficile pour saisir les motivations profondes qui se perdent dans les brumes de l'inconscient de chacun.

Bien sûr, elle se garde bien d'exposer sa théorie, vu l'admiration que suscitent les familles nombreuses. À moins que l'admiration soit précisément le but recherché... Elle n'est pas là pour juger.

Alors, on va commencer par une, si cela ne vous dérange pas, pense-t-elle à ce moment de l'exposé de la maîtresse de cérémonie, une femme longue et sèche qui essaie d'être synthétique, et on va sûrement s'arrêter là aussi. Si c'est un succès, on ne prendra aucun risque supplémentaire ; si c'est un échec, au moins on pourra plus facilement gérer.

L'animatrice emploie beaucoup ce vocabulaire manichéen succès/échec. Judith en voit qui hochent la tête, d'autres qui se pincent les lèvres. Sa voisine fait les deux alternativement tout en se tordant les mains et essaie de s'attirer sa sympathie. Elle lui murmure :

« Cela va être encore plus compliqué que je ne le pensais. Tu ne crois pas ? »

Judith est surprise par son tutoiement. Elle ne voit pas en quoi elles sont devenues des compagnons d'armes ou des adhérentes à une même secte. Elle n'a rien à voir avec elle ni avec ses tourments qui lui barrent le visage. Elle regarde à présent une à une toutes les participantes et se surprend à se mettre à la place de l'enfant, ce qui n'est sûrement venu à l'esprit de personne. Ses pensées s'accélèrent. Elle a pourtant en réserve une question simple quand on lui parle d'un problème compliqué. Une recette pour politicien qui ne trouve pas la solution et qui est contenue dans une seule question : de quoi s'agit-il ? Il n'y a pas de conflit qui soit d'ordre social, conjugal, familial, international qui ne puisse pas trouver sa solution si on ne pose pas en préambule cette bonne question. La formuler ainsi est déjà la porte ouverte à des multi-réponses dont une sera forcément la moins mauvaise des solutions.

Alors de quoi s'agit-il, a-t-elle envie de dire à haute voix en guise de reformulation, comme elle a appris lors de ses formations de médiation, à l'égard de sa voisine qui trouve déjà tout compliqué et qui a même eu le temps de lui glisser que son premier entretien s'est mal passé car elle est tombée sur quelqu'un de revêche ? Judith n'a pas le courage de lui répondre que c'est sûrement son attitude qui inspire cette réaction.

Tandis que l'animatrice continue son exposé des embûches de l'adoption internationale, elle voudrait faire don de sa formule magique à l'assistance et proposer de conclure un pacte de réciprocité, une formule gagnant/gagnant et non une espèce de prêchi-prêcha moralisateur pour bonne conscience. Le duo succès/échec est à bannir du vocabulaire. D'ailleurs, il ne fait pas partie du sien d'une façon générale, elle qui ne considère rien comme un échec sauf tout ce qui fait envie et qui n'est pas tenté. Quant au succès, il est tellement relatif qu'il est aussi inutile d'en faire un point focal.

Alors, à hauteur d'enfant et quand elle les regarde toutes, elle a envie d'aller vers peu d'entre elles. *Et vous savez pourquoi?* aimerait-elle leur dire comme un ultime conseil. *Parce que vous n'arrivez pas d'emblée à vous projeter dans une version heureuse de votre future histoire commune. Vous entrevoyez déjà une issue complexe, alors que si cet enfant que vous appelez de tous vos vœux était vraiment né de vous, vous ne l'envisageriez même pas.*

Vous êtes déjà prêtes à tout expliquer par le fait même qu'il ait été adopté alors que ses peurs ou son agressivité éventuelle peuvent naître de mille autres causes. Laissez-lui juste une chance d'être quelqu'un qui a envie de voir le monde à sa façon, sans forcément qu'on lui plaque en permanence un vécu supposé traumatisant dont il ne pourrait se sortir. Laissez-le être une essence pure et non un bois de placage stratifié par vos peurs qui se sont agglomérées autour de lui.

Faites de lui un être sui generis *qui invente sa vie à chacune de ses étapes et qui n'a pas besoin d'accoler en permanence l'explication de son passé pour justifier son présent.*

Vous sentez-vous capables de cela? Alors même que c'est la seule question que vous devez réellement vous poser. Pour le reste, l'amour y pourvoira.

Toute cette réflexion lui est venue en conscience d'un coup, comme un jaillissement. Sa fichue intuition qui fait qu'elle découvre par elle-même certains raisonnements qu'on ne lui a jamais expliqués. *Alors c'est vrai, même pas peur,* a-t-elle envie de crier. Encore moins de son choix, puisque, faut-il le rappeler, cela en est vraiment un.

Elle se retrouve à devoir écouter, stoïque, la présentatrice comme dans une émission de téléréalité où l'on explique aux candidats tous les dangers à affronter et combien il faut se préparer à toute éventualité quand on adopte. Elle n'ose pas lui demander quelle est la différence avec un enfant biologique. Il y aurait plus de certitudes? Vous voulez des contre-exemples?

La plus probable des éventualités à laquelle elle s'est préparée est que cela va marcher. Elle est animée par la foi, celle à laquelle convie le latin *fides*, c'est-à-dire la confiance et c'est elle qui la guide. Et puis elle a aussi dans son credo quelques phrases de Pessoa pour l'animer: « Les choses n'ont pas de signification, elles ont une existence. »

Alors oui, elle est prête pour l'aventure, comme elle l'a toujours été pour tout ce que la vie offre d'imprévisible et d'opportunités. Elle s'est même entraînée pour rassasier les premières curiosités de son enfant et ses questionnements. Elle est déjà prête à accueillir ses mots déformés façon « mots tordus » et les lui remettre à l'endroit.

Elle ressort de la réunion avec un air léger et conspirateur. Tant pis pour celles visiblement trop abattues pour espérer. Elle les gratifie d'un sourire sincère en leur souhaitant bonne chance, convaincue que la sienne ne lui fera pas défaut. Seule la foi nourrit de pareilles certitudes.

Elle fait un crochet par l'agence de voyages avant de rentrer et prend une option de principe pour Bali à une date suffisamment lointaine. Elle verra bien. D'ici là, tant de choses peuvent se passer qui peuvent donner une autre consistance à sa démarche. Elle a encore à l'esprit tous ces visages à la fois concentrés et inquiets qui savent que le chemin ne sera pas simple, quelle que soit la dose d'optimisme ingérée pour l'aborder. Est-ce qu'elle-même ne surjoue pas aussi un peu son enthousiasme ? Est-il vraiment sensé d'aller à la rencontre d'une petite fille à douze mille cinq cents kilomètres et de la convaincre qu'un monde meilleur l'attend ailleurs dans lequel elle aurait toute sa place ?

Pour corrompre ses doutes, pourquoi ne pas se laisser tenter par un billet en première classe. Le pyjama y est offert lui dit malicieusement l'employée de l'agence. Mais vu l'augmentation du prix du textile à haute altitude, elle renonce à ce projet dispendieux. Retour à la *realpolitik* imposée par son budget.

Ce n'est pourtant pas tant le goût immodéré du luxe qui lui donnerait envie de prendre des décisions bien au-dessus de ses moyens, mais surtout les priorités qu'il confère. Ne pas attendre, voilà sa tyrannie suprême, le seul passe-droit qu'elle revendique pour contrepasser les longues heures à patienter aux audiences avec le client derrière qui piaffe en attendant sa péroraison. Prendre sa précarité de vitesse pour payer cher l'illusion de la dominer.

Quelle est sa logique d'envisager Wayan dans un univers parisien alors que l'océan est sa norme standard de baignoire ? Mais elle ne veut pas y penser à cet instant, ni savoir si ses motivations ne flirtent pas avec l'inconséquence. Elle s'interrogera plus tard. Elle n'est candidate qu'à un poste de marraine et ne doit pas outrepasser cette fonction. C'est en allant sur place qu'elle sera le mieux à même d'évaluer la situation.

Elle a auditionné tout son entourage pour actualiser tout ce qui peut séduire un enfant de cet âge et commandé des jeux éducatifs par correspondance.

Il y a toujours chez l'être le mieux attentionné une partie de son cerveau qui se retrouve confronté à l'incapacité de faire le bon raisonnement. Elle sait pourtant qu'elle ne pourra pas s'éviter son fameux « de quoi s'agit-il » qui reste à ce stade en attente d'une sérieuse reformulation.

17

Elle n'a pas eu d'appels de son compagnon depuis plusieurs jours, comme s'il se laissait du temps depuis leur dernière soirée qui s'est sûrement trop bien passée pour qu'il la rappelle rapidement. À vrai dire, elle n'a pas vraiment eu le temps de s'attarder sur ces variations de thermostat qu'il impose à leur relation. Un message laissé deux jours avant le spectacle, autant dire une éternité, lui propose de l'accompagner à l'opéra.

– *Cavaleria Rusticana*? Oui bien sûr j'adore, s'entend-elle lui répondre. Elle l'a encore écouté la veille mais ne l'a jamais vu sur scène.

– C'est le premier opéra que j'ai vu avec mes parents, lui dit-il avec nostalgie. J'avais dix ans. Rendez-vous devant les marches de l'opéra Bastille.

C'est déjà beaucoup d'informations données d'un seul coup. Il parle peu de ses parents, plus de sa jeunesse avec un certain détachement comme si elle n'avait pas joué un rôle si important.

Elle hésite longuement sur sa tenue et laisse en vrac sur son lit toutes les combinaisons possibles de vestes-pantalons et de tailleurs-jupes pour opter finalement pour une robe mauve mi-longue cintrée à encolure arrondie assortie d'un boléro noir. Pas moyen d'y ajouter une note de vert mais elle se sent bien et pour une fois assez sexy, surtout quand elle enfile des escarpins en cuir métallisés à talons ultra-fins. Encore faut-il savoir avoir l'air naturel et ne pas avoir une démarche vacillante.

La salle se remplit d'une foule hétérogène. Les abonnés côtoient les aventuriers d'un soir à qui on a promis des souvenirs inoubliables. « Pourquoi pas ? » ont-ils simplement répondu en attendant de juger les voix. La mode varie du décontracté chic au jean troué de ceux qui ne craignent pas de l'offenser, sans oublier l'armée de petites robes noires, qui s'agitent dans les dîners en ville.

Un prototype s'annonce en début de rangée qui demande à passer en obligeant une dizaine de personnes à se lever, redoutable de blondeur et qui vient s'asseoir au siège vacant à côté de son compagnon.

Elle croise et décroise ses fines jambes en lisant le programme. C'est drôle parce que c'est la seule que Judith ait remarquée quelques minutes plus tôt avant qu'on ne les place. L'hypothèse de la retrouver sur le fauteuil voisin était infime mais elle n'a pas pu compter sur la bonhomie des probabilités. Elle pense que c'est pour des coups de dés comme ça qu'elle déteste les statistiques. Alors qu'on va lui démontrer que sa chance de l'avoir à deux sièges d'elle n'est que d'un pour mille, elle est la preuve vivante qu'en matière de jalousie, l'aléa n'existe pas. Il n'y a que des certitudes. Elle a même la sensation étrange de l'avoir téléguidée à distance et aimantée jusqu'à cette place-là.

Alors, quand elle l'oblige à son tour à se relever, elle a, en bonne perdante, préféré l'accueillir avec un grand sourire, même pas étonnée de la voir surgir. Son esprit fonctionne à la manière d'un tableau électrique qui connecte toutes les informations et les relie entre elles. Elle sait maintenant que cette soirée va être un supplice. Elle va les observer pendant tout le spectacle frotter leurs coudes, son gauche à elle contre son droit à lui, en toute bonne foi, s'aguicher le genou et prendre un air gêné à chaque frôlement. Judith affiche l'air tranquille de ceux qui n'ont plus rien à redouter. Elle attend juste le moment où il va prendre un prétexte pour lui adresser la parole. Et elle sait aussi qu'il va être drôle.

Bien sûr qu'elle ne peut être qu'amusante cette première parole. Elle s'en souvient d'ailleurs très bien quand ils se sont rencontrés et qu'il lui a demandé alors qu'elle se dirigeait à l'insu de leurs hôtes vers le buffet qui était dans une pièce séparée, d'une voix tonitruante :

« Alors, on resquille ? »

Elle a encore en mémoire le souvenir de ses joues qui s'embrasent comme une petite fille surprise de ne pas être au bon endroit même si la suite lui a donné tort.

Engoncée dans son fauteuil avec des pensées qui tournent en boucle, elle sait que rien ne pourra l'empêcher d'engager une conversation avec sa voisine s'il le décidait et qu'il poussera même la fausse innocence à l'inclure pour se rendre irréprochable.

C'est pour ne pas tomber dans sa combine qu'elle plonge dans la lecture concentrée du programme. Aussi un peu pour tenter de mettre ses tourments en déroute.

Tant pis si le thème est à complications comme seul l'art lyrique et les montres suisses savent en produire. Cela ne sera pas très long puisque le héros ne met qu'une heure dix pour mourir. Sa stratégie d'immersion le rend complètement désœuvré. Il observe à présent le profil presque parfait de sa voisine qui se laisse parcourir par habitude tandis que d'une main endiamantée, elle replace une mèche derrière l'oreille.

Tiens, elle est mariée, se dit Judith en observant son annulaire, comme si cet état l'encerclait d'une barrière électrifiée infranchissable. Et depuis quand est-on obligé de rendre sa bague de fiançailles en cas de divorce ? Tu es quand même bien placée pour le savoir. Je te rappelle la jurisprudence Thouvenet du nom du dossier où tu t'es opposée précisément à la restitution d'un solitaire, se dit-elle comme contre-exemple à sa tentative de duperie.

Elle sent son aisance à subir les assauts du regard et à ne pas les décourager. À chacun ses lassitudes.

Judith, tapie derrière sa page qu'elle relit pour la quatrième fois, sent nettement son compagnon s'agacer de son mutisme.

« Bon alors tu me fais le résumé maintenant, depuis le temps que tu lis le programme ! », finit-il par lui dire.

Elle ne peut pas lui faire remarquer qu'il est censé l'avoir vu plusieurs fois depuis ses dix ans et donc en connaître l'intrigue par cœur. Le problème est qu'elle est strictement incapable de faire la moindre synthèse intelligible, faute de concentration, occupée surtout à se constituer un alibi.

L'extinction des lumières et l'arrivée du chef d'orchestre qui s'incline à quelques mètres d'eux assis au troisième rang la sauvent. Les snobs diront qu'on voit mieux de loin et les riches, qui ne sont pas forcément les mêmes, rétorqueront que c'est quand même un vrai luxe de voir l'intégralité de la fosse d'orchestre.

Il lui prend immédiatement la main et, test ultime, ne la lâche pas quand les lumières de la scène s'allument. Elle se détend enfin assez pour compatir au désespoir et à la jalousie de Santuzza. Elle est sûrement la mieux placée dans la salle pour pouvoir la comprendre.

Dîner après le spectacle où il lui raconte le monde tel qu'il le vit, en mode XXL qui est sa norme habituelle, la gratifiant de la double onction de son regard caressant et de la pertinence de sa pensée. Il a tant à lui dire. Ses émotions passent en contrebande entre deux excès de paroles et de bouchées englouties. Avec lui tout vaut la peine, même ses outrances de bon vivant. Il enrichit ses anecdotes à chaque dîner sans jamais se contredire. L'art du conteur réside dans cette mémoire à ne jamais oublier ses mensonges. Elle le regarde, simplement conquise par ses cheveux gris argent parfaitement lissés qui lui donnent un air léonin surligné par des lunettes en écaille de tortue qui lui ravivent les traits. Elle ne voit plus son embonpoint contre lequel il est peine perdue de se rebeller. Il fait partie intégrante de ce qu'il est, une signature personnelle qui serait sûrement disqualifiante sur un autre, et qui en fait un être à part non modulable.

Il se présente ainsi sans chercher à plaire, à prendre pour le plus longtemps possible ou à laisser dans les dix premières minutes. Un pari immédiat, comme une évidence qui ressemble à tout, sauf à du courage.

Elle n'a rien mentionné de ce qui l'occupe actuellement et encore moins du billet d'avion pour Bali réservé il y a quelques jours. Tout retour au réel serait déplacé en sa compagnie, voire une faute de goût.

18

Judith a à peine compris le nom du café laissé par Jean-Pierre sur son répondeur dans lequel il lui donne rendez-vous. Elle ne sait pas davantage ce qu'il peut avoir à lui dire mais son appel tombe bien. Elle a envie d'en savoir plus sur Wayan. Elle verra selon la tournure de la conversation si elle l'informe de son désir de se rendre à Bali.

Elle se prépare avec une intention de séduire qui s'adresserait à quelqu'un d'absent qui devrait être fier d'elle. Elle est à peine installée que Jean-Pierre surgit d'une autre table avec une tasse de café à la main. C'est tout à fait son genre d'élire domicile pour la journée dans un établissement et d'y faire plusieurs stations au gré des rencontres pour discuter avec des inconnus. Il sait tellement s'imposer que chacun a l'impression de l'y avoir convié. Il donne envie de le suivre à défaut de le croire, tant ses propos sont un mélange de philosophie superficielle et de gaieté profonde, le tout sur fond de bienveillance.

Il se croit obligé de lui faire un récit exhaustif de tout ce qui s'est dit depuis son arrivée. Elle fulmine et se domine avec peine. Il est celui qui la relie à un potentiel espoir qu'elle ne sait pas exactement définir ni comment le nommer. Elle lui accorde encore quelques minutes pour lui débiter des choses périphériques et insignifiantes à ce qu'elle est venue chercher. Il la connaît pourtant assez pour savoir qu'il doit changer d'attitude. Il lui sourit. Ce serait plutôt bon signe si Jean-Pierre ne souriait pas toujours. Le serveur s'avance pour prendre la commande. Il y a dans la vie de chacun une bière ou un verre de n'importe quoi pour ralentir les effets d'annonce. Combien de déclarations ou de ruptures ont dû subir l'intervention du serveur pour les différer ou en diminuer la solennité… Reste à affronter le petit coup sur la table avec un chiffon mouillé qui la rend encore plus crasseuse pour qu'il se décide à disparaître enfin. Le portable de Jean-Pierre se met alors à jouer sa ridicule partition musicale choisie dans une collection de *Crazy Melodies*. Elle espère juste qu'il ne va pas succomber à la tentation de cette insupportable sirène. Elle le voit déjà se tordre de plaisir en parlant à un interlocuteur à qui il fixe un rendez-vous un peu plus tard. Il commente l'appel en faisant un résumé de la vie de « ce mec incroyable ». Tous ses amis, à l'écouter, sont exceptionnels. Elle pense que ce sont sûrement des originaux comme lui, des espèces d'allumés qui essaient de retarder leur passage à l'âge adulte. Elle aimerait bien savoir comment il parle d'elle et quels qualificatifs exagérés il utilise pour faire sa biographie express quand il veut la présenter. Sûrement quelque chose du genre : célibataire pleine de charme, utilisant l'humour comme signal de détresse.

Il sent son regard qui le supplie tandis qu'elle le gratifie d'un hochement de tête et d'une pauvre grimace pour en finir plus vite avec tout ce qui ne la concerne pas. Bien sûr le serveur revient avec ses deux verres pleins et ses boutades vides tandis que Jean-Pierre fouille dans sa poche et lui tend une photo.

Elle reconnaît à peine Wayan qui enlace le cou d'une femme qui ne semble pas lui prêter beaucoup d'attention. Elle a la même robe que celle dans le cadre qui se pavane sur sa table de chevet duquel elle a viré ses grands-parents en habits de mariés en 1920 !

« Tiens, tu vois cette femme, c'est la fameuse tante dont je t'ai parlé qui prend soin d'elle, lui précise Jean-Pierre pensant la rassurer. Alors tu as réfléchi ?

– À quoi j'étais censée réfléchir ? »

Et comme si elle pouvait se méprendre, il lui rappelle l'intérêt de son parrainage et la satisfaction qu'elle pourrait en retirer.

« Oui j'en suis bien consciente mais on ne peut pas faire mieux que ça pour elle ? »

Elle ne sait pas très bien ce qu'elle entend par « faire mieux que ça » et surtout elle n'ose pas aborder avec Jean-Pierre son envie de dépasser le statut limité de marraine. Difficile de lui confesser qu'elle ne fait pas partie des adeptes du leasing en matière de filiation.

Cette photo la met mal à l'aise, et pire encore les propos de Jean-Pierre qui lui vante les mérites de la tante, cette pauvre femme qui fait de son mieux alors qu'elle a plusieurs autres enfants. Justement, elle en est moins méritante. Il suffit de rajouter une assiette, pense Judith exaspérée et qui ne tarde pas à le lui signifier.

« Pourquoi tu me racontes tout ça ? Encore heureux qu'elle la traite bien la petite ! »

Pour une raison non identifiée, elle se sent à présent très en colère. Elle enfouit la photo dans son sac, décidée à analyser sa réaction plus tard. Pour l'instant, elle essaie de ne pas surréagir.

« Permets-moi de penser tout de même que ça doit être plutôt sommaire comme éducation. Quant à la tendresse… »

Elle ne prend même pas la peine de terminer sa phrase. Elle lève les yeux au ciel comme si la notion de tendresse était un monopole de mère occidentale qui détiendrait seule la bonne recette.

« Je ne comprends pas ta réaction, la coupe-t-il. Elle fonctionne très bien dans son système. Elle est totalement intégrée avec ses cousins et ses cousines et elle occupe toute sa place. Tout le monde prend soin de tous dans ces sociétés, des vivants comme des morts. Ils n'ont pas la même représentation de l'absence. »

Il lui a dit ça sur le même ton qu'il aurait pu lui dire : *Pauvre folle, mais tu te montes la tête. Regarde-toi avec tes airs de possédée. Mais qu'est-ce que tu crois ? Qu'elle a besoin de toi ? Que tu vas leur apprendre comment fonctionner ?*

Ou peut-être la voit-il soudain en mal d'enfant prête à aller rôder du côté des maternités et profiter de la distraction des infirmières pour aller dérober un nouveau-né. Elle change immédiatement de sujet. Mais c'est lui qui insiste :

« Je ne sais pas ce que tu t'es mis en tête mais j'ai quand même l'impression que tu devrais réfléchir à tes réactions. »

Elle est en panique et éprouve cette sensation blessante d'être vraiment ridicule avec ses bons sentiments qui pendouillent et la déforment. Pire, ses réactions sont manifestement inappropriées. Comme les excuses de Clinton qui sont débitées à l'envi ces derniers temps dans tous les médias à propos de sa relation avec sa stagiaire.

« J'admets avoir eu une relation inappropriée. » Et cette phrase et son air contrit tournent en boucle sur toutes les chaînes du monde entier.

Va-t-elle, à son tour, devoir présenter des excuses en public pour avoir commis une mauvaise appréciation d'une situation, face caméra, avant qu'un jury fédéral lui demande des comptes et qu'un procureur-justicier rende un rapport volumineux aux frais du contribuable pour dénoncer son forfait ?

Elle est à présent complètement accablée et ravale des larmes qui ne vont pas tarder à s'exhiber malgré ses efforts à les contrer. Le privilège de l'amitié est de ne pas s'étonner des comportements irrationnels et Jean-Pierre lui parle avec beaucoup de douceur. Pour son prochain rendez-vous, il dira sûrement qu'il vient de quitter une pote complètement brinquebalante mais tellement attachante.

19

Elle est à présent incapable de rentrer seule chez elle ou plus exactement de s'y retrouver seule. Elle ne sait pas qui appeler malgré son stock d'amies à consulter selon son état mental. Mais en réalité il y en a peu qu'elle a vraiment envie d'entendre tant leurs propos sont prévisibles.

Elle les appelle ses copines coucou/blabla, celles qui la contactent irrégulièrement sans n'avoir rien de précis à lui dire et encore moins à lui proposer. C'est le coup de fil qu'on passe à une vieille tante pour s'assurer qu'elle est encore en vie mais dont on se garde bien d'aller la voir. Très vite la conversation dévie sur elles et finalement leur coup de fil n'est qu'une façon de lui imposer de prendre de leurs nouvelles. Elle sent déjà tout le mécanisme de la frustration se mettre en place avant même son appel. De toute façon, cela se terminera inévitablement par un « t'en fais pas » éliminatoire.

Elle se décide donc à appeler son ami/compagnon/amant. En fait, elle a besoin des trois à ce moment précis. Il y aura bien une de ces fonctions qui répondra à sa demande. Elle ne commet jamais l'erreur de la visite à l'improviste. Il lui répond à la première sonnerie et lui dit qu'il l'attend. C'est gentil de le lui laisser croire.

Dans son hall d'entrée magnifique tout en marbre, elle croise sa gardienne qui n'a pas l'air de la reconnaître. Cela en dit long sur la fréquence de ses visites car c'est bien dans ces loges que se situe la reconnaissance de l'habituée et à la largeur du sourire que décochent ces vigiles de l'information.

Mais elle n'est pas d'humeur à s'attacher à ces petits signes distinctifs. Elle n'a même pas la patience d'attendre l'ascenseur et grimpe les cinq étages par besoin de défoulement. Il a le bon ton de ne pas lui poser de questions et la fait entrer en la traitant comme une invitée de marque.

Elle se fend de quelques compliments sur ce qu'elle croit être de récentes acquisitions. Il lui fait gentiment remarquer que les magnifiques chandeliers qu'elle lui désigne sont là depuis l'origine, idem de la pendule ottomane. Non, ce qui a vraisemblablement été rajouté depuis trois semaines (date de sa dernière visite), c'est un ensemble de pipes à opium chinoises en ivoire et cabochon datant du XIXe siècle.

« Mon pauvre chat, ton sens de l'observation est de plus en plus aiguisé. »

Il l'enlace. Son abattement est à son comble et elle se demande s'il ne pourrait pas lui faire une démonstration des vertus de leurs ensorcelantes vapeurs.

D'ailleurs, elle remarque à présent l'installation d'un grand écran plat sur tout un pan de mur de sa bibliothèque. Manifestement, il dope son célibat avec tous les attributs d'un confort voluptueux pour en pérenniser l'état. Façon d'agir plus pour lui-même que contre quelqu'un. Elle est de toute façon trop lasse pour lui en vouloir. Comment lui reprocher de ne pas avoir envie de transformer leurs connivences en projets de vie ?

À cet instant, elle se sent comme un chat de gouttière qui n'a même pas le désir de retrouver son chemin car il n'a pas d'autre ailleurs où aller et qui accourt sur le tintement d'une vague promesse, sans prendre la peine de vérifier l'origine du bruit.

Elle s'affale, totalement désactivée, le regard vide avec le verre à bordeaux qu'il lui tend bien en mains.

Le téléphone sonne. Il se décide après hésitation à répondre tout en la fixant, et elle entend distinctement la voix dire avec une évidence : « C'est moi, je ne te dérange pas ? »

Il poursuit d'un ton naturel, rassure la voix mais préfère lui indiquer qu'il la rappellera plus tard. Bien sûr, elle en déduit que cette voix n'est pas récente car on ne commence pas un dialogue par un « c'est moi », sûr de lui et dominateur. Peu importe qu'elle joue les modestes en demandant après si elle ne dérange pas. Bien sûr que non, elle ne dérange pas puisqu'il n'y a qu'elle dans la pièce, alors comment pourrait-on parler de dérangement ?

Elle appartient à ce genre de femme qui ne se sent incandescente que tous feux éteints et qui admire toutes celles qui se considèrent comme des évidences dans la vie des autres. Elle doute avec conviction. Même lorsqu'elle plaide, affirme, assure et martèle, c'est avant tout pour se convaincre elle-même. Dans la vie, elle observe, guette, avance des hypothèses et se tient toujours tapie derrière un paravent invisible. Elle s'interdit ce « c'est moi » qui ne l'habite pas, de peur qu'on lui demande de se définir et reste persuadée que l'idée d'elle reste supérieure à toute réalité avec elle.

C'est peut-être pour ça qu'elle ne l'a pas encore lassé et que leurs rendez-vous ont souvent la forme d'une option rétractable. Elle a toujours vu clairement la fin de chaque chose et de toute relation. Et loin de s'en angoisser, elle a fait de cette précarité son atout majeur, un pari sans cesse renouvelé, une pulsion vitale.

Il a l'élégance d'éviter qu'entre eux les mots prennent trop de place et elle, la prudence de s'abstenir de lui demander s'il pense vraiment tout ce qu'il ne lui dit pas.

Il a choisi sa première femme à l'âge où il n'avait pas encore décidé qui il serait et la seconde sans tenir compte de ce qu'il était devenu. Elle sait aussi que, depuis, il en a déclenché des petites histoires inutilement tragiques lors de ses croisements de cœur. Pourtant, comment peuvent-elles se méprendre sur ses caresses distraites, lui qui a le départ facile et le coup de fil restreint? Elle sait qu'il n'a jamais cherché à tromper l'autre sur la réalité de ses intentions pour la bonne raison qu'il n'en a généralement aucune. La comédie se veut légère et le décor sans placard, même si la mise en scène reste soignée.

C'est sans doute sa façon d'acheter des consciences pour pouvoir partir rapidement sans penser que toute heure commencée est due. Après tout, les malentendus ne naissent que chez les malentendantes. Comment leur expliquer après que sa présence intermittente ne leur donne pas un droit d'être rentière à vie de ses largesses?

Bien sûr, il y a cette ambiguïté à laquelle elles s'accrochent toutes et qui vient du fait qu'il ne les quitte jamais tout à fait, comme une manière d'être fidèle à l'absence de soi. Il a conservé ainsi un réseau hétéroclite de regards affolés qu'il visite quelquefois, sans se rendre compte qu'il prend ainsi une part active à leur dépendance.

Judith ne se méprend pas. Elle sait qu'il est dangereux de se croire attendue au motif qu'on est soi-même assailli d'espérance. Pourtant, en ce début de soirée, elle a particulièrement besoin de son sacre. Elle a le regard aspirateur, prêt à ramasser toutes les miettes que l'amour fait en se consommant. Elle espère qu'il lui réserve toutes ses attentions et qu'il ait l'élégance de n'aimer qu'elle, même s'il a encore la courtoisie de s'intéresser à d'autres. Elle espère le réunifier en récupérant chaque partie qu'il leur a concédé.

Il semble à cet instant entendre tout ce qu'elle tait tant il la traite avec les égards dus à l'amour qui consistent précisément à n'en avoir aucun, le respect en étant son parfait oxymore.

Elle le sent à ce moment si proche qu'elle a peur de quémander des promesses qu'il ne pourra pas tenir et de singer toutes celles qu'elle refuse d'être. Aussi, elle décide de partir malgré son insistance à ce qu'elle reste. Elle craint de libérer trop de paroles qu'il semble pourtant ce soir presque prêt à accueillir. Elle part en faisant la révérence avant de dire des sottises grosses comme la tendresse et le laisse pantois devant une telle détermination.

Elle sait que ce départ est une éclipse nécessaire.

Elle traverse cette fois le hall d'entrée de l'immeuble avec la fierté de celle qui vient d'être couronnée. Elle a du rimmel sur toute la joue, du blush sur les lèvres et le boutonnage de son chemisier décalé. C'est à cela qu'on reconnaît les reines d'une nuit.

20

Le bureau du psychiatre est rempli de livres aux titres engageants : *Un coup de hache ou un coup de folie – Du conflit sain aux troubles mentaux – Les détériorations cognitives et autres affections mentales.*

Judith essaie de se frayer un chemin entre toutes ces perversions pour poser son sac. Elle se demande à quoi son cas s'apparente le plus et ne tarde pas à avoir un début de réponse.

« Alors, madame, vous souhaitez donc faire famille ? »

Elle ne s'attendait pas à une telle formulation. « Faire famille », elle n'a jamais entendu cette expression à moins de trois enfants et la trouve inappropriée à son cas. Elle pensera à la recycler dans ses divorces : *alors comme ça vous ne souhaitez plus faire famille ?* Elle n'a pas trop le temps de s'attarder sur le sujet. Elle lui doit une réponse à la fois la plus vague et la plus précise possible, soit la position favorite des avocats, le grand écart qui consiste à concilier tout ce qui est incompatible. Attention, ma petite, l'instant est grave. Ce type frisé aux lunettes glissantes qu'il maintient d'un doigt par leur milieu va rendre un rapport d'où dépendra ta possibilité de « faire famille ou pas ». Ce mec, qui a plus l'air de s'intéresser à son stylo qui fuit qu'à toi, risque de faire un gros pâté sur ta vie en une petite phrase assassine s'il ne te juge pas à la hauteur. Donc pas d'humour foireux. Tu reprends ton trébuchet et tu ajustes ton propos. Et ne lui retourne pas sa question pour savoir ce qu'il entend par là. Ce n'est pas le moment de jouer au frisbee. D'ailleurs, rappelle-toi, tu n'es pas très douée à ce jeu-là. Je ne t'ai jamais vue capable d'en rattraper un seul.

« Oui, je le souhaite vraiment. »

Bon, la réponse est certes banale mais le ton est plutôt convaincant, un peu à la façon anglo-saxonne du renouvellement des vœux : *Yes, I will.* Et au moins il n'y a pas de malice dans la formulation. Un simple désir affirmé avec conviction.

« Je vois que vous avez quarante ans. Pourquoi maintenant ? »

Elle trouve le coup bas. Promis, elle ne va pas se laisser aller à la facilité en lui répondant : « Pourquoi pas ? » Ni lui expliquer bien sûr que jusqu'ici, elle n'a pas eu le temps d'y penser vraiment, bien trop occupée à se la couler douce et à se faire plaisir. Mais les meilleurs moments ont une fin, n'est-ce pas ? Et il est grand temps de devenir adulte et enfin de recentrer sa vie sur les choses essentielles, car bien évidemment la lecture, l'opéra, les parties de rires entre copines, tout cela ne peut pas durer.

Et puis, il faut bien arrêter un jour ou l'autre de faire la toupie autour de soi. Mais elle a à peine le temps de faire le recensement de tout ce qu'elle ne peut pas lui dire que déjà, il précise sa pensée :

« Et vous n'avez pas rencontré un homme avec qui vous auriez eu envie de créer quelque chose ? »

Elle repense au titre du livre sur lequel se pavane son sac – *Un coup de hache ou un coup de folie* – et avoue regretter d'être venue sans objet contendant. Heureusement, quinze ans de pratique jacassière et procédurière fournissent un sacré entraînement.

« Si, j'ai quelqu'un dans ma vie mais ce projet m'est personnel. »

Et cette fois, elle décide de prendre la main et lui ressert son discours amour-redistribution, femme fertile-non désir de procréation, relation gagnante-gagnante.

Certes elle a quand même dû faire quelques phrases entre toutes ces expressions pour les relier entre elles et qu'elles fassent sens. Il la regarde, et elle n'est pas sûre que ce soit un véritable regard tant elle le trouve fuyant ou pensif, mais dans son cas cela doit vouloir signifier la même chose.

« Vous savez que votre démarche n'est pas neutre et qu'elle vous expose à des incidences que vous n'avez peut-être pas mesurées. »

Taratata, cause toujours, tu ne me fais pas peur parce que tout ce que tu vas me dire, un, je le sais déjà, et deux, je suis sûre de mon coup. Et tu sais pourquoi je suis sûre de mon coup ? Non pas par arrogance, celle dont tu fais preuve avec tes théories apprises dans tes livres qui remplissent tous tes espaces vides comme tes étagères, mais uniquement parce que j'y crois et que contrairement à toi, je pense que la chance existe et que cette relation que je vais créer, elle ne peut être que belle.

Ce n'est pas rationnel ? Mais comme toutes les entreprises humaines, mec, pardon docteur ! Il n'y a rien de rationnel dans tout ce qu'on fait les yeux fermés et le cœur ouvert en se connaissant parfaitement. Et puis, je ne t'ai pas dit, mais je suis une incorrigible optimiste individuelle, doublée d'une grande pessimiste collective. Alors je ne te demande qu'une chose, de me faire crédit, avant, pas après, quand je t'aurai fait la démonstration de ce que je sais déjà. La preuve, je te l'apporterai dès qu'elle saura marcher et tu verras que tu auras eu raison de m'avoir fait confiance.

D'accord? Marché conclu? Une autre question? Oui, mais alors une dernière.

Mais précisément il ne lui en pose plus et se livre à une divagation sur le thème de la co-naissance. On sent qu'il a eu le temps de le peaufiner son jeu de mots et qu'il doit le tester à chaque rendez-vous. Mais elle le laisse à peine dévider sa pelote puis s'exclame:

«Magnifique docteur, je n'y avais pas encore pensé. C'est exactement cela, une co-naissance. Tout est dit dans cette formulation.»

Elle sait qu'elle fayote mais elle pense à cet instant que c'est la meilleure chose à faire. Et effectivement, elle en tire un bénéfice immédiat car il lui sourit pour la première fois, heureux de son enthousiasme pour cette expression. Sa victoire est de courte durée car pour autant, il ne s'arrête pas là et se croit obligé de développer. Elle sent qu'il ne faut pas le frustrer et prend le parti de l'écouter et de hocher la tête pour rythmer ses phrases. Un peu comme quand elle écoute «La danse des sauvages» des Indes Galantes et que revient ce passage entêtant qui donne envie de danser et de taper du pied.

Elle reconnaît qu'il n'y a rien d'acrimonieux dans ses propos. Sûrement un simple rappel au règlement pour ceux qui, comme elle, croient sans doute trop en leur bonne étoile.

«Tisser du lien est évidemment nécessaire mais pas suffisant.»

Jusque-là rien à dire. Elle connaît par cœur la théorie de la condition nécessaire mais pas suffisante. C'est pareil en mathématiques entre le «si» et le «si et seulement si». Mais ce n'est pas le moment de l'interrompre.

«Voyez-vous, poursuit-il en passant à la phase illustration, j'ai connu une famille qui pensait avoir créé ce lien mais en réalité ils avaient sous-estimé le ressenti de l'enfant.»

Comme elle ne voit pas vraiment où il veut en venir et qu'il marque une pause, elle croit utile de compléter sa remarque:

«Bien sûr, c'est difficile de se mettre totalement à la place de l'enfant…»

Elle pense l'avoir rassuré sur sa capacité de discernement et clore ainsi le sujet mais il n'en a visiblement pas fini avec elle.

«Mais ce n'est pas seulement de l'ordre du ressenti mais bien de souffrance dont il s'agit. Dans le cas dont je vous parle, cela s'est vraiment mal passé.»

Elle l'interroge du regard.

«Le fils semblait parfaitement intégré à sa nouvelle famille et avait même une scolarité tout à fait correcte.»

Il marque un temps comme pour ménager son effet.

« Puis à l'adolescence, il a tué sa mère. »

N'étant pas certaine d'avoir bien compris, elle lui demande s'il l'a tuée métaphoriquement comme c'est souvent recommandé par les psychiatres les mieux intentionnés. À cet instant, elle pense qu'elle devrait pratiquer ce qu'elle fait couramment chez son dentiste quand elle a stupidement la bouche ouverte, la mâchoire bloquée par des cales en mousse et que son assistante finit de l'écœurer par son aspirateur de salive. Elle ne veut pas savoir ce qu'on va lui faire, mais c'est déjà trop tard. Il est totalement inutile de lui donner tous les détails de la suite.

« Pas du tout métaphoriquement mais avec un bon couteau japonais bien effilé.

– Ah ! » répond-elle sommairement.

Puis après un temps d'arrêt :

« Effectivement, ça ne s'est pas bien passé. »

Cela lui rappelle l'avocat, membre du conseil de l'ordre qui, après sa prestation de serment, l'a mise en garde contre toutes les infractions déontologiques qu'elle risquait de commettre sans le savoir.

Ai-je donc l'air d'un tel optimisme béat sans capacité de jugement au point qu'on se croit obligé d'en rajouter pour me faire toucher du doigt une réalité complexe ?

Heureusement, elle est capable d'être très vite versatile comme une opinion publique. Elle fait diversion par un trait d'esprit, comme chaque fois qu'elle est mal à l'aise.

« J'en prends bonne note, docteur, et ne mettrai que des cuillères dans ma cuisine.

– Non, mais je ne veux pas vous faire peur, lui dit-il d'une voix adoucie », comme ce critique d'art lyrique qualifiant la voix d'une soprano de mordorée.

Elle a du mal à mettre des couleurs sur celle du psychiatre mais salue son effort de temporiser l'exemple désastreux qu'il vient de citer.

« Dans la plupart des cas, cela se passe plutôt bien. »

Bien mec, en progrès. Je vois que tu soignes ton expression. Tu ne pouvais pas commencer par là ! T'es au courant que des déglingos, il y en a même dans les filiations biologiques. Tu veux que je t'en cite moi des cas de gamins mal dans leur peau et qui finissent par se droguer et faire carrière chez les délinquants au point de monter très haut dans la hiérarchie ?

L'adoption n'a pas le monopole de la fabrication du pire ! Alors tu te le gardes ton clone de Jack l'éventreur et tu me laisses faire avec ma fille, ma merveille, ma splendeur, celle que je suis déjà en train de porter.

Si cela te plaît de refaire toutes les stations du chemin de croix, je ne suis pas de la partie. Parce que moi je suis déjà dans l'avènement, dans le commencement de notre histoire. Mais j'arrête là parce que tu vas encore me taxer d'être dans le déni.

Alors je ne suis pas là pour te faire réviser tous tes cours de psychanalyse en une seule séance. Sache que je suis parfaitement avisée de toutes les difficultés, et que je n'ai pas l'intention de cocher toutes les cases de la parfaite pauvre-adoptante-qui-ne-s'est-pas-rendu-compte-de-la-galère-dans-laquelle-elle-se-précipitait.

Un, je dispose d'un gilet de sauvetage intégré à ma personnalité, et deux, j'ai totalement le pied marin dans les mers humaines.

Ce qu'elle traduit par :

« Merci beaucoup docteur de m'avoir consacré du temps. »

Elle prend son sac pour montrer qu'en ce qui la concerne, l'entretien est terminé et lui dit qu'elle garde précieusement ses coordonnées pour venir le consulter le cas échéant à la moindre alerte si elle observe un trouble ou une attitude agressive de sa fille. C'est quand même bizarre de passer un contrat futur sur une situation encore inexistante, mais elle sent qu'elle doit le faire. Il est indéniable que des deux, c'est lui qui a le plus besoin d'être rassuré.

21

Cela fait déjà sept mois qu'elle a engagé sa procédure de demande d'agrément, cette fameuse condition nécessaire mais pas suffisante. Seuls ses parents sont au courant qui ne lui posent pas de questions. Ils attendent qu'elle les informe. Ils la connaissent trop pour savoir qu'il est inutile de rajouter une pression à cette démarche qui génère plus d'interrogations que de réponses.

Une fois de plus elle leur est reconnaissante de ce qu'ils savent taire pour elle. Elle en connaît des mères surinvesties qui l'auraient inondée de regards suppliants et de messages à peine voilés. Les siens savent s'empêcher. Ils ne doutent pas que dès qu'il y aura quelque chose de nouveau, elle leur en parlera et qu'ils seront même sûrement les premiers à le savoir.

Judith a pourtant raconté la séance chez le psychiatre à sa mère mais plus pour la faire rire. Elle n'a évidemment rien dit du récit de l'adoption qui a mal tourné.

« Un psychiatre ? Mais pour quoi faire ? » s'est étonnée sa mère qui a haussé les épaules d'un air de dire *après tout si ça leur fait plaisir,* rendant ce passage obligé à son insignifiance supposée.

Elle ajoute :

« De toute façon tu n'as rien à craindre. Je suis sûre que tu as dû très bien savoir expliquer le sens de ta démarche. J'imagine qu'il n'en rencontre pas souvent des jeunes femmes comme toi. »

Judith a souri à cette remarque puisée dans l'abîme d'un amour immarcescible qui condamne toute personne à n'approcher sa fille qu'avec un prisme d'admiration enthousiaste.

« Je ne suis pas sûre qu'il fasse beaucoup la différence, maman. J'imagine que tout le monde lui sert plus ou moins le même discours.

– Peut-être, mais toi, tu es quand même au-dessus du lot.

– C'est gentil, maman. Mais je pense que ce n'est pas le niveau intellectuel qu'ils évaluent, mais juste ta capacité à prendre soin d'un enfant.

– Oui certainement. »

Cette remarque laisse sa mère pensive quelques instants juste avant de conclure l'échange :

« Mais de toute façon, nous on est là. Tu leur as bien dit qu'on pourrait t'aider. »

Elle reconnaît bien dans cette phrase la lucidité doublée de la prudence de sa mère qui considère que quoi qu'il se passe, c'est sûrement d'eux que viendra l'ultime recours, la touche finale qui rendra l'équilibre parfait. Ils savent que même si elle donne le meilleur d'elle-même, elle ne manquera pas de faire valider par eux certaines de ses décisions, juste pour prendre confiance.

N'a-t-elle pas fini par leur confier son chat, d'abord quelques jours par mois, puis pendant toute la durée des vacances pour finalement ne le récupérer que très épisodiquement ? Mais là ce n'est pas pareil, bien sûr. Il n'est pas question d'une maternité à temps partiel, même si les savoir disponibles la rassure. Ils n'ont qu'un seul petit-fils qui vit aux États-Unis et qu'ils ne voient que deux fois par an sans même toujours comprendre ce qu'il leur dit. Il prend un malin plaisir à leur parler à toute vitesse dans un américain inabordable pour eux sans chercher à simplifier son vocabulaire. Quand il leur rend visite, ils ont beau lui montrer tout ce que Paris a de meilleur à offrir, il préfère s'installer dans le canapé et jouer avec une console qu'il prend soin d'emporter comme une sauvegarde préventive à l'ennui en ponctuant chaque proposition de ses grands-parents à le distraire par un « *no thanks* » sans appel et expéditif.

Judith a bien aussi essayé de son côté de l'entraîner dans certains musées ou spectacles, mais elle s'est heurtée à la même indifférence. Il considère toujours qu'il a mieux près de chez lui et qu'il vit de toute façon dans un pays bien plus avancé. Toute suggestion est accueillie par une moue pleine de dédain pour cet ancien monde qu'on essaie de lui fourguer. Ils en ont tous pris leur parti.

Au fond, ce neveu lui rappelle son frère avec qui elle ne communique que sur les sujets qu'il veut bien initier et qui est intarissable sur la grandeur des États-Unis. Avec plus d'une vingtaine d'années de décalage, elle reproduit le même schéma pour garder un dialogue possible avec ce neveu récalcitrant, pur produit de cette Amérique à la fois admirable et réductrice.

Que lui dirait-il, ce frère taiseux qui ne parle que pour exprimer l'essentiel, s'il la voyait à cet instant regarder intensément la photo de Wayan comme si elle cherchait une réponse qui ne pouvait qu'émaner d'elle ?

Comment réagirait-il si elle lui annonçait qu'elle a décidé d'adopter ? Même sans chercher son approbation, son jugement lui est toujours aussi important. Pour autant, elle ne peut pas prendre en compte chacune des réactions potentielles. Elle annoncera le moment venu les choses en bloc à son entourage quand il sera déjà trop tard à chacun pour donner son avis.

Ils lui diraient tous sûrement, à la voir avec cette photo à la main, qu'il est inutile de vouloir porter assistance à quelqu'un qui n'a tout simplement pas besoin d'être secouru. Et si elle en veut à Jean-Pierre, ce n'est pas d'avoir compris cela avant elle, mais de l'avoir fait se sentir ouvertement pathétique.

Car elle a maintenant l'honnêteté de reconnaître qu'il ne lui a rien laissé espérer. Il lui a juste proposé de parrainer une enfant en lui tendant son image et en précisant qu'elle était une orpheline prise en charge par une tante. Il n'y a rien à rajouter à cet énoncé ni voir un sens caché derrière une phrase aussi simple, purement factuelle. Tant pis pour elle si elle l'a prise pour une invitation elliptique à lui faire changer de destin.

Puis il lui a remis cette brochure d'un lieu de rêve et cela lui a suffi pour se mettre vaguement en tête d'aller à sa rencontre et puis… Et puis quoi au juste ? Elle est bien incapable de reformuler tous ces enchaînements et d'y trouver une logique.

Hors sujet mademoiselle. Votre imagination vous joue des tours. Vous allez trop loin. Ce n'est pas ce que l'auteur a voulu dire. Comme ses profs qui soulignaient en marge de ses copies la pertinence de sa pensée mais la jugeait souvent décalée par rapport au sujet traité. À chaque fois, elle avait envie de leur répondre : *peut-être là n'est pas la question posée mais c'est de cela que j'ai envie de parler.*

Ce soir, elle se couche telle qu'elle se sent, moitié fripée, moitié en mode écluse prête à se remplir de larmes. Elle s'endort dans un demi-sommeil avec le tintement de cette formule obsédante – *c'est moi-moi-moi* – comme un écho hitchcockien. Elle a encore assez de conscience pour constater avec lucidité qu'elle n'a réussi à supplanter aucune tante bien intentionnée ni à s'affranchir d'aucun « c'est moi » à qui elle pourrait être supérieure.

C'est toujours elle parmi d'autres. Pourtant elle est prête à le jurer. Il n'y a aucune arrogance arrimée à son désir.

Elle regarde sa montre qui affiche nonchalamment 3 heures. C'est une heure impossible où convergent toutes les pensées redoutables qu'on a tenté méticuleusement d'éliminer pendant les heures qui précèdent.

Il est trop tard pour y renoncer, trop tôt pour les évacuer. Elles vont déferler en masse sans aucune digue pour les arrêter. Elle a dû finir par s'assoupir comme en témoigne la radio qui diffuse les émissions de la nuit. La photo de Wayan s'est fichée entre son oreiller et le traversin et lui barre la route pour retrouver le sommeil. Son regard rempli d'affection pour cette vieille tante, qui n'est peut-être pas si vieille, mais son visage ne permet pas de datation précise. Son sourire pétrifié par le bétel mastiqué régulièrement et son dos voûté par des kilos d'offrandes portées sur son chignon huilé ont eu raison de sa féminité. Et pourtant le visage irradiant de la fillette lui fait penser au *Portrait d'un vieillard et d'un jeune garçon* de Ghirlandaio où l'enfant regarde avec tant d'amour ce grand-père vérolé qui donne à ces pustules une raison supplémentaire de l'aimer. Impossible de se substituer à une telle grâce. Décidément, les meilleurs sentiments peuvent vite être incongrus quand ils sont plaqués aux mauvais endroits.

Finalement, en la regardant à nouveau, elle essaie de traduire en termes clairs et dépassionnés ce qu'elle dit de sa vie à des milliers de kilomètres, à moins que ce soit surtout à une lecture honnête de la sienne qu'elle l'invite. Sûrement le besoin d'installer quelqu'un dans ses entrailles mais surtout elle lui crie qu'il ne sert à rien de remplir ses malles de plein d'indispensables pour vaincre les réticences d'une enfant à la suivre. C'est d'elle qu'il faut se délivrer.

Tout à coup, tout lui est pitoyable, ses jouets corrupteurs comme son optimisme inapproprié. Qu'est-ce que Wayan peut bien faire de sa culture momifiée, elle qui a ses jeux de plage avec ses compagnons à coques ? Que peut-elle lui apprendre qui soit comparable à sa connaissance instinctive des sables et des marées ? Tout ce qu'elle sait est si peu teinté d'iode, si dépourvu de lumière pour l'intéresser suffisamment. Elle a tout ce dont elle a besoin à portée de regard. La caresse du soleil vaudra toujours mieux que sa tendresse à elle dispensée au gré de ses journées et des fatigues du moment.

Trois heures du matin, l'heure impossible pour continuer à se duper, l'heure propice à tous les aveux. Et celui-là lui apparaît enfin clairement malgré la pénombre de sa chambre. Puis déferle le souvenir de ce petit garçon des Carpates barbotant dans sa baignoire au milieu de ses canards.

Elle sait que quelque part l'attend sûrement un enfant, un parmi des millions à ignorer la chaleur d'une voix unique et l'onction d'un baiser personnel. Et c'est à cet enfant-là qu'elle dédie sa « nuit de feu » et cette fulgurance toute pascalienne : « certitude, certitude, sentiment, joie, paix. »

22

Son inspecteur des logements pour famille en devenir jette un rapide coup d'œil sur son appartement. Quand il lui a téléphoné pour fixer le rendez-vous pour venir le visiter et évaluer les futures conditions d'hébergement de l'enfant, Judith n'a pas pu s'empêcher de lui dire :

« Aucun problème pour que vous veniez à mon domicile, mais je vous préviens c'est vous qui allez me demander à être adopté. »

Elle a encore le sourire aux lèvres en y pensant même si sa réponse l'a contrariée :

« Mais ce n'est pas du voyeurisme, madame. C'est le texte. Nous devons vérifier par nous-mêmes la capacité matérielle à accueillir un enfant.

– Et il est très bien qu'il en soit ainsi », s'est-elle empressée de lui répondre pour corriger le mauvais effet de sa répartie.

C'est pourtant la seule qui lui soit venue à l'esprit. C'était de toute façon mieux que : *Vous voulez que je vous en montre des endroits lugubres et des conditions de vie indécentes ?*

Elle a toujours du mal à intégrer ce niveau d'exigence, ces prérequis en condition préalable à sa démarche d'adoption. C'est sûrement dans toutes ces mesures qu'elle ressent une forme de double peine. Toutes ces contraintes matérielles parfois difficiles à remplir, comme si son désir légitime avait besoin d'être aux normes.

Elle n'a pourtant rien à craindre, comme l'a souligné sa mère qui sait mieux que personne que les grandes décisions et leur accomplissement ne lui font pas peur. C'est sur l'insignifiance qu'elle a plutôt tendance à trébucher. Le rien ou pas grand-chose requiert trop d'énergie.

Heureusement, elle a deux chambres, ce qui lui permet d'être crédible quand elle dit que l'une d'elles sera dédiée à l'enfant.

« C'est pour le rassurer et qu'il ne pense pas que c'est le dressing que j'ai l'intention de sacrifier et de mettre le lit d'enfant entre les chaussures et les sacs à main », dira-t-elle plus tard en riant quand elle racontera la scène avec toujours cette impression de dédoublement comme si elle n'était pas réellement concernée ou qu'elle tournait un documentaire sur l'adoption. Peut-être sera-t-elle invitée un jour à une de ces émissions de sujets sociétaux pour témoigner à son tour.

Elle lui propose un café qu'il décline ; il ne veut sûrement pas se laisser corrompre. Il s'attarde toutefois sur sa bibliothèque et encore plus sur sa discothèque. Contre toute attente, il lui désigne le « Vivaldi Album » enregistré récemment par Cecilia Bartoli.

« Vous savez, j'ai eu la chance de l'entendre il y a quelques mois interpréter des chants de cet album. Elle était époustouflante », lui dit-il avec un sourire gourmand.

Elle ne s'y attendait pas. Finalement, c'est lui qui l'étonne ; elle l'avait déjà remisé irrémédiablement avec tous les ennuyeux et les prévisibles de la création. Il lui fait revoir son système de classification.

Que dirait Béa d'une telle phrase qui doit défier toutes les données statistiques ? Le fonctionnaire décalé qui vient découvrir les pépites de la musique classique chez les administrés qu'il doit inspecter. Elle arrive soudain à le trouver sympathique et échange avec lui quelques frivolités lyriques sur des concerts et récitals récents pour finalement s'apercevoir que des deux, c'est plutôt elle l'amateur.

Dommage qu'il ne s'autorise pas à plus de décontraction. Ils auraient pu ouvrir une bonne bouteille et la déguster en comparant leurs versions préférées d'airs du bel canto sans qu'il ait immédiatement l'impression de se faire acheter.

Elle lui demande s'il a précisément l'intention de se rendre au Théâtre des Champs-Élysées pour *Les Contes d'Hoffmann* qui doivent y être donnés dans la soirée et qui s'annoncent très prometteurs.

Il lui fait alors comprendre que son salaire de travailleur social ne lui permet pas de se livrer régulièrement à ce type de divertissement et qu'il se contente d'écouter plusieurs versions chez lui. Elle se retient – *arrête de jouer la mondaine que tu n'es pas* – mais l'opéra est un thème où elle ne s'impose aucune limite. C'est d'ailleurs ce qui les unit tant, elle et son compagnon. Dommage qu'elle ne puisse pas immédiatement lui raconter cette rencontre improbable. Il lui dirait sans doute que c'est un signe de quelque chose. Ce fameux mystère qui l'accompagne et sur lequel elle est si souvent tentée de compter.

Il ne faut pas qu'elle joue trop les prolongations car précisément, elle doit se rendre à la représentation mais elle n'ose pas le lui dire. Apparemment, il a terminé. Il dispose de tous les éléments pour son rapport et elle ne voit pas ce qu'elle pourrait encore lui montrer.

Estimant qu'il est parfaitement renseigné, il remet son imperméable. Judith pense la partie gagnée. La rencontre a été fructueuse voire même amicale, comme disent les communiqués diplomatiques, lorsque soudain il arrête son geste en laissant son col flotter au-dessus de ses épaules tandis que ses manches sont à moitié enfilées et lui demande pourquoi il n'y a aucune trace de la présence d'un homme dans son appartement alors qu'elle a indiqué lors de ses entretiens avoir quelqu'un dans sa vie. La mention traîne quelque part dans le dossier.

Elle a complètement oublié la petite croix cochée parmi de nombreuses cases et qui maintenant lui revient en boomerang. Décidément, les cases délatrices ont encore de beaux jours devant elles. Mais surtout elle ne s'attendait pas à ce qu'il lui fasse cette remarque juste après s'être enthousiasmé de la prestation de Cecilia Bartoli. Il lui fait penser à présent à l'inspecteur Colombo qui, après avoir détourné l'attention de son suspect par quelques échanges sympathiques et relativement ordinaires, revient soudain à la charge en mettant le doigt sur ce qui ne colle pas dans le récit de son interlocuteur. Elle pense aussitôt qu'elle est confondue et qu'il vient de débusquer le maillon faible de son récit. Elle se ressaisit et préfère jouer la carte de la franchise.

« C'est que nous ne vivons pas ensemble, comprenez-vous ? » Elle ne lui dit pas que quand elle sort de chez lui, elle préfère avaler les cotons-tiges plutôt que de laisser la moindre trace. Elle ne lui parle pas davantage de sa petite trousse bleue planquée dans le cinquième tiroir de son dressing. Mais surtout elle se garde bien de mentionner le fait qu'il n'est même pas au courant de son projet. Finalement, à regarder de plus près, sa démarche n'est pas tant celle d'une célibataire mais plutôt celle d'un gérant de fortune. Elle ne le tiendra informé que du résultat et non pas des opérations intermédiaires, ni du gain perdu.

Il est temps qu'elle aille passer sa robe pour cette soirée spéciale au profit d'une institution caritative où il faut exhiber sa joaillerie pour avoir accès à la détresse de ceux qu'on vient secourir. Elle sait qu'il doit connaître la moitié de la salle et qu'il va peut-être la présenter à un cinquième des gens croisés.

Elle se doit d'être à la hauteur de cette incandescence. Elle aura tout le temps de repenser à l'échange de cet après-midi en écoutant Kleinzach raconter ses passions tristes. Sûrement que son ersatz de Colombo a lui aussi ce genre de passions. D'ailleurs, elle pense que tous ceux qui inspectent, contrôlent ou évaluent la vie des autres ne peuvent pas en être exemptés.

Il est enfin parti en la saluant d'une façon qu'elle juge impersonnelle par rapport à la conversation plutôt sympathique qu'ils ont pu avoir par moments. Elle ne s'en formalise pas. Après tout, il n'a aucune raison de se montrer plus chaleureux.

Elle peut enfin commencer à se maquiller car elle n'a pas voulu être trop tapageuse ou paraître superficielle. Décidément, cela fait beaucoup de réflexions auxquelles elle devra repenser pour comprendre le sens de ses réactions et à quoi elle relie inconsciemment la maternité. À un visage terne ou à un manque de temps ?

Ce n'est pas le moment de traîner, car ce soir elle doit être à son zénith. Alors bien sûr, quoi de mieux que cette fameuse robe verte décolletée avec ses manches fourreau en dentelle et ses boucles d'oreilles abeilles avec des perles gouttes transparentes qui justifient qu'elle attache ses cheveux noués dans la nuque ? Elle a l'habitude heureusement et le tout ne lui prend pas plus d'une vingtaine de minutes. Son plus grand défi n'est pas dans la réussite de sa coiffure ou de sa tenue. Il est ailleurs et elle se rend au théâtre des Champs-Élysées avec l'engagement que d'ici à ce qu'il la raccompagne, elle ait réussi à lui faire part de sa démarche.

23

Évidemment, elle ne lui a rien dit, ni avant ni après le concert, et s'est trouvé plein d'alibis pour justifier cette abstention. Peut-être que la présence aguicheuse de Madame Prix de la chambre de commerce avec son décolleté aventureux et le regard entraîné comme son verre à ne pas rester vide très longtemps l'en a dissuadée. Elle a encore à l'esprit son air faussement timide pour demander d'excuser son léger retard quand elle est venue s'asseoir à côté de lui et sa manière de jouer au chamboule-tout avec ses interlocuteurs. Elle est le genre de femme à considérer que tout homme est par essence disponible.

Ce n'était donc sûrement pas le moment idéal pour évoquer un sujet si délicat qui aurait pu l'encourager à ne pas lui résister surtout lorsqu'elle l'a vu lui baiser sa main pour lui signifier qu'il était très loin de lui en vouloir.

Totalement sur la défensive, elle a préféré guetter chacune de ses réactions. Comme Hoffmann, elle pense qu'il se laisse pervertir par la recherche de plusieurs femmes en une, alors qu'Olympia, Antonia et Giulietta ne sont qu'une quête impossible de l'amour unique, à moins que ce ne soit plutôt une quête unique de l'amour impossible. De toute façon elle en est à son troisième verre et c'est déjà bien qu'elle se souvienne qui est Offenbach et le nom de l'opéra qu'elle vient de voir. Elle n'arrête pas de parler et de sourire, autant d'exutoires à son angoisse.

Il l'a raccompagnée en taxi et ce n'était pas davantage le lieu pour parler et faire profiter le chauffeur de l'état d'avancement de sa procédure. Selon Hannah Arendt, « les mots justes trouvés au bon moment sont de l'action ».

Comment qualifier alors les phrases ravalées qui s'étranglent dans sa gorge ?

Elle a passé la semaine dans un état hybride, passant d'une excitation incontrôlée à une apathie résignée. Elle avait besoin de purger ses humeurs. Elle s'est fixé des objectifs simples pour se faire patienter.

Sa course à l'investiture de la meilleure mère est maintenant terminée. Elle a «fait le job». À présent, cela ne dépend plus d'elle. Il lui faut attendre.

Elle se demande encore ce qu'elle va faire de son option pour Bali qui va bientôt expirer. Elle n'a plus vraiment de motivation pour entreprendre ce voyage en solitaire.

Comme à son habitude, il a laissé passer un certain temps avant de la recontacter. Le concept du message inutile juste pour faire plaisir pourrait avoir des effets pervers du registre de la tendresse. L'appel doit toujours avoir un but précis. Et bien ce soir, elle décide de transgresser et de prendre la main. C'est elle qui l'appelle. Barrage du répondeur. Panique à bord. *Si je laisse un message, il va croire que j'espionne. Cela serait terriblement dégradant. D'autant que je suis assurée d'être dans le top 10 de ses relations et que je suis encore présente en 157ᵉ semaine. Donc pas de quoi paniquer sur ses sentiments. C'est une preuve de confiance, non?*

J'aurais donc bien tort de m'en faire. Il pourrait croire que j'ai des soupçons. Mais je m'insurge parce que je n'en ai aucun. Je n'ai que des certitudes. En effet, je connais au moins trois autres de ses relations potentielles. C'est amusant d'ailleurs, parce que je n'ai jamais rencontré un membre de sa famille mais je peux mettre un visage sur chacune de ses maîtresses putatives. J'ai de la chance car dans la plupart des cas, c'est le contraire. Or c'est finalement plus utile de pouvoir identifier ses rivales que de se taper tous les dîners de famille.

Elle en est là, arrêtée au milieu du gué de ses méditations vagabondes, incapable de progresser dans ses raisonnements, lorsqu'il la rappelle et l'invite à dîner pour lui faire part d'une proposition sous forme de rébus:

«Ça te dirait de voir dans la même journée un lion, un éléphant, un zèbre et une girafe? lui demande-t-il presque avec nonchalance, après une version concert du troisième acte du Crépuscule des Dieux, salle Pleyel.

– Ah oui, cela fait longtemps que je ne suis pas allée à Thoiry.»

Il a sûrement cru qu'elle plaisantait et elle n'a pas eu le courage de démentir.

«Alors rendez-vous dans dix jours à 8 heures en bas de chez toi. Prends peu de choses, pas de valise. Juste un sac, pantalons, bermudas, chemises, t-shirts. Rien d'habillé.»

Évidemment, ce n'était pas la tenue idoine pour Thoiry surtout en cette période de l'année. Par contre, c'était idéal pour le delta de l'Okavango où il lui proposait de l'emmener.

Elle en déduit qu'elle ne le reverra pas avant. Elle fait semblant de réfléchir pour qu'il ne puisse pas penser que son agenda est totalement vacant.

« J'espère que tu n'as pas trop de contraintes pendant cette période ? »

Sinon ? Mais elle n'avance aucune alternative comme une hypothèse sérieuse. Elle ne pense pas vraiment qu'il ait déjà prévu une accompagnatrice de substitution.

« Non à part ce voyage, je n'ai pas d'autres contraintes. »

Boutade bien tentée, mais mal reçue. Il n'aime pas qu'elle traite ses propositions généreuses en dilettante. Elle éclate de rire pour faire retomber la tension et rectifie son intention :

« Brünnhilde sera ravie de partir avec Wotan. »

Mais elle l'a mis de mauvaise humeur. Il va sûrement la rétrograder à un rang de bécasse ou de buse.

Contre toute attente il lui prend gentiment la main, et lui dit simplement :

« Je vois que tu es fatiguée. Je te raccompagne. »

Ouf, son crédit n'est pas entamé. Une femme comme elle ne peut pas dire des choses idiotes ou alors elles sont à mettre sur le compte d'une extrême fatigue. Finalement, il la traite mieux qu'elle en est capable vis-à-vis d'elle-même.

24

Si sa mémoire n'est pas toujours à la hauteur de ce qu'elle voit, elle pourrait cette fois pendant longtemps encore décrire chaque sensation que ce voyage lui a laissée. Ils n'ont d'ailleurs pas beaucoup parlé pendant ce séjour. L'essentiel s'est passé en dehors d'eux. L'intérêt était partout sauf dans la conversation. Nul besoin de se transformer en une automate bavarde pour se montrer présente. Elle a au contraire inondé leur espace commun de silence.

Et puis tout à coup, un soir, juste avant le dîner préparé autour d'un feu de camp avec une table dressée à leur unique intention, il l'attrape du regard pour lui dire :

« J'étais vraiment sérieux quand je t'ai dit que tu es vraiment la femme pour toutes les saisons. Avec toi pas d'erreur possible. »

Puis il a allumé tranquillement son cigare. Et Judith a immédiatement pensé que le seul critère valable de recensement du monde était les choses et les gens qui en valaient la peine.

De retour de ce voyage, si rien n'avait vraiment changé dans leur façon de vivre, elle savait pourtant que leur relation s'était épaissie. Comme la confection d'une crème anglaise qu'on tourne pendant plusieurs minutes jusqu'à sentir que soudain la sauce se densifie.

En fin cuisinier, il l'a laissée reposer pendant plusieurs jours. Elle n'en attendait pas moins. À vrai dire cela l'arrangeait plutôt car elle était arrivée la fameuse lettre lui accordant son agrément et avec elle toute la raideur administrative qui lui donnait cinq ans pour trouver l'enfant à adopter sous peine de péremption. Neuf mois et quinze jours après le début de cette aventure. On lui aurait sûrement déclenché l'accouchement si elle avait été vraiment enceinte.

Mais la différence était qu'au bout de ce délai, tout restait à faire. La condition préalable était remplie mais elle n'était encore qu'une mère en devenir munie d'une simple autorisation sans affectation précise, et surtout aucun visage à qui la relier.

25

Elle va à présent à son bureau avec cet air léger et conspirateur qu'ont les gens qui ne veulent pas dévoiler la cause de leur bonheur. D'ailleurs, elle ne peut pas vraiment le définir avec précision. Car si elle est soulagée d'avoir reçu le fameux blanc-seing, elle n'a pas encore la moindre idée comment franchir l'étape suivante.

On lui recommande de se soumettre à deux acronymes incontournables : la MAI et l'OAA. Elle se rend donc dans les bureaux de la Mission de l'adoption internationale pour se voir remettre la liste des organismes autorisés pour l'adoption. On l'écoute avec gentillesse et un air compatissant pour finir par lui souhaiter bon courage. Elle comprend très vite qu'elle devra se débrouiller seule pour ne pas avoir à attendre plusieurs années que son dossier remonte progressivement la pile, d'autant que la priorité est donnée aux couples. Or le sien n'est pas répertorié comme tel. Il s'apparente plus à une formation de duettiste qui tente quelques numéros de désirs synchronisés. Le plus dur est de rester positive sachant qu'elle n'a rien de concret. Au moins elle est lucide ; c'est bien sa seule certitude.

Son activité professionnelle la pousse à rester en phase avec les réalités. Une station prolongée sur les monts de l'Olympe sur lesquels une reconnaissance éphémère peut porter l'avocat relevant toujours d'un jeu d'équilibriste.

À peine a-t-elle refermé la porte de son cabinet, fait un détour par la cuisine pour sa pause-café, échangé quelques boutades avec son associé, complimenté sa secrétaire sur son chemisier très ajusté qui lui donne un air inhabituellement sexy, qu'elle regagne son bureau pour prendre la communication téléphonique de Madame Marchelier qui lui annonce sa décision ferme et irrévocable de s'opposer à la procédure amiable pour laquelle elle l'assiste depuis plusieurs mois.

« Maître, j'ai repris tous les calculs depuis notre dernier rendez-vous et je ne suis pas du tout d'accord avec la somme proposée par l'avocat de mon mari au titre de la prestation compensatoire. Je vous rappelle que c'est lui qui a décidé de partir. Donc, ou il fait un effort, ou je ne poursuis pas la procédure à l'amiable. »

Lui reviennent les nombreuses heures qu'elle a déjà consacrées à son affaire pour trouver cet accord qui semblait pourtant convenir à sa cliente la semaine précédente lorsqu'elle lui a fait part de la dernière proposition de son mari. Mais voilà, entre-temps, il y a eu un week-end et le déjeuner de famille qui l'a convaincue qu'elle se faisait avoir. On dirait d'ailleurs que l'un et l'autre ont été inventés pour ça, pour donner tort le lundi aux avocats et mettre en péril tous leurs fragiles compromis. D'où son coup de téléphone intempestif après avoir fait le plein de conseils en tout genre et en direction opposée à sa négociation.

Elle comprend qu'il faut surtout la laisser faire son exposé mathématique qui multiplie le nombre d'années de vie commune par la différence des revenus annuels des époux. À peine lui a-t-elle livré sa méthode qu'avant même de connaître sa réponse, sa cliente lui propose une deuxième version suivie d'une troisième. Toutes les trois convergent vers une évidence : elle considère qu'elle se fait avoir si elle accepte l'offre de son mari comme Judith l'y encourage. C'est a priori également l'avis de sa sœur et de son beau-frère lors du déjeuner et qui connaissent « une femme, exactement dans la même situation, qui a obtenu beaucoup plus ».

Judith sait par expérience que ces conseils donnés autour du gigot de sept heures pèsent plus lourd que toute autre considération et qu'il n'est donc pas question pour elle à ce stade de la contredire si elle veut éviter de se faire taxer de collabo et de se voir retirer le dossier.

Elle la laisse parler sans apporter le moindre correctif à sa diatribe. L'exaspération de sa cliente lui démontre qu'en réalité tout cela a très peu à voir avec les montants soumis et que seule sa jalousie est constitutive de sa volonté de le faire payer, mais cela aussi, il n'est pas question de le souligner. Il est totalement inutile de lui démontrer ses qualités de psychologue. Lui faire avouer qu'en réalité elle l'aime toujours malgré tout, c'est-à-dire malgré elle, la mettrait dans une situation tout aussi délicate sans la faire changer d'avis pour autant. Il n'est jamais évident de rappeler à l'autre qu'il n'est victime en réalité que de lui-même. Son mari s'est montré plus synthétique quand il a décidé de déguerpir et de jouer à « échecs et malles ».

« Il veut partir, soit, mais il ne faut pas qu'il me reproche que cela va lui coûter cher. »

Elle a fait claquer le *soit* pour bien montrer que dans ce cas, il représente tout sauf une évidence mais bien une figure imposée. Celle de l'autre, la maîtresse qui plane dans les décisions de son mari et qui le pousse à mal se comporter.

Comment peut-elle dès lors se montrer *raisonnable*, comme il l'en a exhortée ? C'est sûrement l'adjectif le moins compatible avec sa douleur.

Il a cru s'en sortir lors d'une rare conversation qu'ils ont réussi à avoir ensemble avec une phrase lapidaire du genre :

« Bref, en résumé, je t'offre la moitié de tout ce que nous avons. Tu devrais être contente. »

Depuis, elle ne manque pas une occasion de se livrer à l'exégèse de cette phrase.

Bref : trente ans de vie commune et tu ne peux pas m'accorder plus d'une heure pour régler notre séparation !

En résumé : peut-on réellement faire un résumé de ton ingratitude et de mon humiliation ?

Je t'offre : mais tu n'as plus rien à m'offrir ; ce que tu prétends faire pour moi est de l'ordre du dû, pas du don.

La moitié de ce que nous avons : ravale ton coït aigu, espèce de sagouin, car c'est exactement ce à quoi j'ai droit : ton travail, ton pseudo-génie, et tes risques virtuels ne sont rien en comparaison de mes abnégations. Ce n'est pas sur ce que tu as que je devrais être payée mais sur tout ce à quoi j'ai renoncé.

Tu devrais être contente : en quoi est-ce que ton départ vers cette femme et tes possibilités de recommencement devraient me réjouir ?

Je n'ai pas, comme toi, le corps expéditionnaire, et ces soirées de solitude qui me guettent me sont tout simplement odieuses.

Tu veux mieux ? Ton futur bonheur m'est obscène. À propos, il paraît qu'elle est enceinte. Tu vois, je suis bien renseignée, et tu clames partout que cela te rend très heureux. Tu crois même utile de préciser que tu aurais fait les deux premiers surtout pour me faire plaisir ! Désolée de te contredire mais remets-toi dans le contexte.

Tu te souviens de l'époque où tu m'aimais ? Tant mieux, parce qu'à ce moment-là, tu disais que c'était très important d'avoir des enfants. J'imagine à présent que tu pensais que notre couple n'était pas une raison suffisante pour vivre avec moi seulement.

Tu m'as laissé l'exclusivité des allers-retours pour les indispensables cours de judo de Martin et ceux de piano de Célestine à des heures différentes bien entendu, afin que je coure et patiente un peu plus. Résultat, aujourd'hui qu'ils sont majeurs, Martin déteste le sport et Célestine n'a pas plus d'aptitude pour la musique que toi pour la vie commune.

Tu as l'impression d'avoir été un bon père – du moins c'est ce que tu racontes partout – au motif que tu les emmenais au marché tous les dimanches et que tu supervisais leurs carnets de correspondance! Mais t'es-tu une fois interrogé sur leurs peurs, leurs craintes de ne pas te satisfaire et leurs inhibitions? C'est un mot que tu t'es refusé à comprendre sous prétexte de ne pas y avoir été confronté toi-même.

Sais-tu à propos que Célestine a des projets de mariage? Elle ne t'en a jamais parlé? Elle craint que son choix ne soit pas ajusté à ton goût parce que ta règle des trois A pour choisir un mari idéal ne serait pas respectée: Ambition, Argent et Armoiries. Et même si cette règle est mieux adaptée au choix d'une andouillette qu'à celui d'un conjoint, elle te paraît toujours être un bon schéma d'évaluation.

Alors, je ne sais pas si Célestine va te parler d'Antonio. Je te rassure, il est d'une bonne famille. Il est grand temps que tu considères que cela existe même hors de nos frontières. Pour le reste, il est encore tellement jeune qu'il faut lui laisser une chance de faire ses preuves, même si toi à son âge tu étais déjà maître de ton destin.

Mais as-tu été un jour jeune et maladroit ou as-tu toujours su où placer ton cœur et tes mains? Moi, je m'en suis remise à toi en toute confiance d'une façon absurde et désuète. Je pensais que seule la santé pourrait nous trahir, pas ton désir. J'ai accepté de fermer les yeux sur ton pointillisme amoureux pensant que je restais unique d'une certaine façon.

Eh bien je n'ai donc aucune intention de me contenter de ce que tu consens à me rétrocéder de ton bonheur. Je ne supporte plus ton œil de possédant ni tes annonces tonitruantes relatives à ta pseudo-générosité.

C'est moi qui suis à présent le maître de cérémonie et j'ai bien l'intention de te faire danser. Ne te plains pas, je pourrais aussi préférer te faire chanter mais j'aurais trop l'impression de trahir tout ce que je suis.

« Vous comprenez maintenant que je ne peux pas accepter son offre. Qu'est-ce que vous en pensez, maître? »

Heureusement, elle ne la voit pas sursauter. Cette fois, elle est sommée de donner son avis. Elle attend d'elle autre chose qu'une médiation et des bons sentiments. Il lui faut se mouiller un tant soit peu voire se tremper complètement. La situation exige des phrases fortes lui montrant son engagement total à ses côtés dans cette bataille qu'elle juge décisive. Elle doit immédiatement lui dévoiler les éléments de sa stratégie.

Elle ne peut pas lui dire que ce qui lui revient dépend de bien plus de choses que ce que le législateur a cru devoir définir dans sa formule « selon les ressources et les besoins respectifs des parties ». Il y a bien d'autres critères qui ne sont pas exprimés dans la loi. Comme le degré de rancœur, l'envie profonde de faire payer l'autre pour l'avoir laissée en vrac avec cette impression cruelle de l'inutilité des jours et « ce matin qui revient pour rien ».

Il serait tout aussi téméraire de lui faire admettre que la proposition du mari est honnête, pas au sens louable du terme, mais au sens conforme à ce qui lui est dû, car elle ne verrait pas où arrimer sa reconnaissance.

Elle se retrouve à présent dans ce rôle détestable de devoir se résigner à la dérobade. L'esquive peut aussi avoir ses vertus apaisantes.

Elle en sait quelque chose, elle qui n'a encore rien dit sur son projet personnel. Si elle répond que la proposition lui paraît « plus qu'honnête », elle risque de l'entendre s'affaisser à la manière d'une pâte qui déborde.

Seule la ruse peut au moins lui permettre de gagner du temps. Elle prend donc pour de la réflexion ce qui n'est en fait qu'une grande lâcheté, pour de la délicatesse ce qui s'apparente surtout à une fuite salutaire.

Est-ce le fait d'être trompée qui donne aux femmes la clairvoyance qui leur a fait défaut tout au long de la vie commune ? Il est frappant comment elles peuvent se réveiller d'un coup et détecter l'arnaque même au stade intentionnel. Madame Marchelier lui fait comprendre qu'elle exige d'elle une réponse précise et immédiate. Judith pense encore pouvoir grappiller quelques précieuses minutes :

« Christiane, vous permettez que je vous appelle Christiane n'est-ce pas ? »

Excellente stratégie que l'empathie qui pourtant ne la désarme pas.

Elle se montre plutôt agacée par cette pirouette. Car s'il y a quelque chose que les avocats ressentent bien au-delà des maris qui s'échappent, ce sont les dossiers qu'on risque de leur retirer.

« Oui si vous voulez. »

Il y a de l'exaspération dans son intonation. Judith opère alors un volte-face dont elle salue encore l'audace.

« Je sais exactement comment je vais présenter à son avocat notre nouvelle proposition. »

Et voilà qu'elle se lance dans un défilé judiciaire avec présentation sur le podium des dernières créations de modèle de prestation compensatoire cousue main au regard des circonstances particulières de l'affaire. Tout va à présent très vite dans sa tête. Elle fait un rapide calcul qui lui permet d'annoncer un chiffre qui va détendre immédiatement sa cliente avant qu'elle se ressaisisse et finisse par lui demander :

« Vous ne croyez pas que c'est un peu trop élevé ? Cela ne risque pas de tout faire capoter ?

– Mais non Christiane, il faut viser haut et je ferai bien savoir à mon confrère que c'est à prendre ou à laisser. »

Cette fois, c'est à elle de promettre de ne pas trop exagérer car sa cliente se montre soudain inquiète par un éventuel refus irréversible. Aussi elle raccroche en donnant à son avocate un dernier conseil :

« Bon je vous laisse faire car j'ai toute confiance en vous, mais ne fermons pas la porte, continuons quand même à négocier. »

Finalement, c'est Judith qui est déçue car elle commençait à s'amuser en pensant à toutes les bonnes raisons qu'elle avait eues jusque-là d'envoyer l'idée même du mariage par cent dix mètres de fond. Elle trouve décidément ce métier bien ingrat qui exige de la créativité à condition qu'elle fasse toujours preuve de modération.

Cette séance téléphonique l'a littéralement épuisée. Elle a envie de se ruer au-dehors pour voir comment la vie se porte ailleurs. Elle se réfugie dans une librairie, à la recherche de mots consolateurs et en ressort trente minutes plus tard avec une pile de livres, achetés d'une façon compulsive selon les conseils du libraire. Elle se demande à chaque fois s'il ne serait pas possible de se faire interdire de librairie comme d'autres demandent à être proscrits de l'entrée des casinos car elle y effectue toujours l'achat de trop et y laisse régulièrement une fortune sans se laisser le temps de se refaire.

Elle pourrait construire des tours de Babel avec tous ces ouvrages à vertu thérapeutique. Ils sont ses produits d'entretien à multi-usage, des détergents efficaces contre la crasse ambiante. Elle en fourgue partout, dans ses sacs, dans sa boîte à gants et dans ses tiroirs, prête pour n'importe quelle salle d'attente ou salle d'audience. On n'est jamais trop précautionneux.

Elle se glisse entre ses livres comme dans un sac de couchage douillet. Elle y inhale ce français qu'elle aime tant et qui est à lui seul une nationalité comme l'a si bien proclamé Camus. Elle se sent alors protégée par son élégance qui la met le temps d'une page à l'abri des comportements assassins. Comment prétendre trouver une solution aux grands conflits du monde quand deux personnes qui se sont aimées n'arrivent pas à s'entendre se détester…

26

Cela fait au moins trois mois qu'elle n'a pas parlé à Jean-Pierre. C'est en général le délai incompressible qui rythme leurs appels ou leurs rencontres.

Il vient de lui laisser un message inaudible et crachotant, sûrement en passant sous un tunnel pour se rendre à un meeting, comme il aime nommer tous ses rendez-vous. Et peu importe s'ils ne sont souvent que deux à se réunir. Cela lui donne de l'importance, l'impression de lester son temps de pleins d'indispensables.

Elle le rappelle, juste avant de se rendre au tribunal.

« Alors quel est le thème du jour ? lui dit-elle en s'efforçant de se montrer enjouée.

– T'as pas entendu mon message ?

– Si, mais j'ai rien compris. Ça coupait tout le temps.

– Bon en deux mots, j'ai des copains qui viennent d'adopter un petit garçon et ils auraient deux ou trois questions juridiques à te poser. Je vais les voir samedi, tu m'accompagnes ? Ce serait gentil de ta part. Moins formel qu'à ton bureau. »

Elle se dit que décidément, Jean-Pierre a toujours l'art de surgir de sa boîte comme un diablotin monté sur ressorts mais toujours au bon moment. Deux, trois questions ? Elle en a déjà mille en retour qui tournent dans sa tête. Cela va être dur de rester professionnelle.

« Quelle provenance ?

– Roumanie.

– Quel âge ?

– Dix-huit mois, je crois. »

On dirait qu'elle se renseigne sur l'importation d'une marchandise illégale et qu'elle va bientôt lui demander à combien ils écoulent le paquet. En fait elle fait à ce moment un effort surhumain pour ne pas lui demander d'y aller tout de suite.

« Ok. Tu passes me prendre ?

– 14 heures en bas de chez toi.

– C'est sympa. »

C'est tout ce qu'elle a trouvé à lui dire, « c'est sympa ». Elle n'a même pas pu prononcer le mot en entier. Elle aurait pu dire : *c'est chic ou c'est chouette* ou, version plus snob, *comme c'est aimable à toi, Jean-Pierre.*

Elle ne sait même pas à quoi elle se réfère, si c'est sympa qu'il vienne la chercher ou si c'est à ce qu'elle pressent comme une formidable opportunité d'avoir enfin le contact qu'elle recherche. Rien ne bouge pendant des mois et puis tout à coup tout s'accélère et on joue son destin sur un trottoir en misant sur des inconnus qui vont peut-être ramener le numéro gagnant. Rien ne se passe comme prévu, ce qui dans son cas ne veut rien dire car justement elle ne prévoit rien. Ce n'est pourtant pas de la désinvolture. Elle pense surtout que la vie est beaucoup plus créative que son imagination et elle a décidé de lui faire confiance une fois pour toutes.

Elle est maintenant en retard. Elle monte les marches du palais avec sa robe pliée sous le bras et voit de loin son client qui arpente le couloir jetant des regards inquiets. Il a cinquante années de rancœur qu'elle va devoir livrer en concentré à un président qui va passer plus de temps à lui expliquer qu'elle doit être brève plutôt qu'à l'écouter. Cela fait longtemps qu'elle sait où est né le purgatoire. Dans ces salles d'audience où chaque jour se joue devant des spectateurs impuissants une scène de la haine ordinaire.

27

Il se promène dans l'appartement en balançant ses bras sans prendre le temps de retirer son imperméable qui lui donne l'air d'un déguisement enfilé pour Halloween. Les amis de Jean-Pierre sont manifestement heureux de le revoir. Il commence par s'échauffer avec quelques boutades :

« Alors elle est où votre dernière acquisition roumaine ?

– Il dort pour le moment. Mais tu vas voir le bolide quand il va se réveiller. Ah il a de l'énergie ! »

Sandrine a déjà dans les yeux toute la fierté de la mère qui parle de son enfant à la fois pour l'excuser à titre préventif et pour se disculper de son incapacité à le maîtriser. Elle se veut délicieusement complice de tous ses futurs méfaits. Elle les a tant attendus qu'elle conteste le droit à quiconque de la juger.

« Super, Judith, que tu aies pu venir aussi. Cela fait longtemps que Jean-Pierre nous parle de toi. »

Elle l'a tutoyée d'emblée comme si elle avait compris que c'était un gain de temps sur les prochaines phrases. C'est une bienveillante, naturelle et spontanée. On sent qu'aimer son prochain fait partie de son hygiène de vie et que c'est aussi important que de se maquiller d'un sourire ou soigner son apparence quand on se présente à autrui.

Elle met immédiatement à l'aise et ses gestes précis pour la conduire au salon en la prenant par le bras comme une amie retrouvée la charment. Elle fait partie de ces êtres rares qui touchent à l'essentiel et en compagnie desquels on ne peut que se sentir meilleur.

« Un café ?

– Volontiers.

– Cela fait longtemps que tu connais Jean-Pierre ?

– Oui, ça commence à chiffrer. »

Elle ne sait pas d'ailleurs si elle le connaît vraiment mais à ce moment ce n'est pas tellement de lui dont elle a envie de parler. De toute façon, il est déjà parti à la cuisine avec son mari et elles entendent leurs éclats de rire tandis qu'elle regarde les photos qui s'étalent de chaque côté du canapé.

« Alors raconte, dit-elle en s'emparant de l'une d'elles et se surprenant de son ton aussi intrusif qu'impatient. Comment s'appelle-t-il ?

– Florin. »

Et Sandrine de raconter comment elle a été mise en relation avec cette fondation roumaine par une cousine qui venait elle-même d'adopter et comment elle a rencontré Viorica.

« Viorica ?

– Oui, la directrice de la fondation, elle n'est pas commode à première vue mais en fait tout s'est bien passé. Il faut juste l'écouter et pas trop la contredire. Tu sais, cela fait pas très longtemps qu'ils sont sortis de l'ère Ceausescu. Forcément ça laisse des traces.

– J'imagine, concède Judith.

– Mais je suis sûre que tu lui plairas aussi, lui dit-elle en lui tendant sa tasse de café. »

Judith sursaute. Pourquoi devrait-elle plaire à Viorica ? Elle la laisse poursuivre avec la prudence du guetteur qui sait que le moindre geste peut le trahir.

« Oui tu sauras faire avec elle. Tu es le genre qu'elle aime, raffinée et très à l'écoute. Et puis tu es avocate, alors tu as l'habitude d'éviter les faux pas. »

Judith a du mal à contenir son étonnement face à la tournure de la conversation mais continue à se montrer prudente :

« À ce propos, il paraît que vous aviez des questions à me poser ? »

Elle n'a pas précisé la nature des questions, si elles étaient d'ordre juridique ou autres. Elle commence d'ailleurs à en douter sérieusement.

« On a juste besoin de savoir quand tu veux te rendre en Roumanie parce qu'il faut qu'on la prévienne un peu en avance. »

Judith commence à comprendre qu'elle se trouve à front inversé et que Sandrine pense que c'est elle qui est en demande. Jean-Pierre ne l'a pas emmenée pour ses supposés conseils d'avocate. Il avait bien autre chose en tête. Il les rejoint à présent dans le salon avec Cédric sans la regarder. Évidemment, elle ne sait pas ce qu'il leur a raconté à son propos. Typique Jean-Pierre, il se montre anodin puis allusif et c'est aux autres de se débrouiller avec les situations qu'il crée. Elle se demande toujours ce qu'il y a d'innocent dans ses propositions, à moins qu'il ait avant tout le monde une intuition qui le pousse à agir sans vraiment pouvoir donner à ses actes tout de suite un sens. Elle voit bien qu'il évite son regard. Il s'empare à son tour d'une photo puis lance :

« Alors, quand est-ce qu'on a le droit de juger sur pièce ? Je vais pas pouvoir rester longtemps. »

Et voilà, il a bien sûr fixé un ou plusieurs autres rendez-vous, autant d'alibis pour pouvoir déguerpir et lui imposer sa règle du jeu. On entend soudainement les cris d'un enfant.

« Ah, ben, il t'a entendu, il vient de se réveiller. Je vais vous le chercher. »

Judith a pensé à amener un jouet, un puzzle sonore représentant une maison avec huit pièces à insérer dans des cases préformées. Dès que sa mère l'a posé à terre, elle a à peine le temps de le lui tendre que l'emballage est déjà arraché, le carton ouvert et les pièces jetées en désordre sur le tapis.

Jean-Pierre complimente Sandrine pour sa vivacité. Tout le monde rit, même Judith qui est maintenant accaparée par les moindres faits et gestes de l'enfant.

« Ah ça pour être vif ! Pas toujours facile à gérer à la crèche, dit Sandrine, faussement désolée. Il a dû sûrement apprendre à se débrouiller seul, alors l'apprentissage de la relation à l'autre se fera progressivement. »

On la sent parfaitement au point. Elle a dû beaucoup s'informer et lire sur le sujet et de toute façon on la croit beaucoup plus proche des théories de Françoise Dolto que de celles d'une éducation coercitive. Elle n'est manifestement pas une adepte de la contrainte par corps ni de la fessée pédagogique comme modèle structurant. Elle rappelle à Judith une de ses amies américaines qui laisse son fils de quatre ans avec des cheveux à la hauteur de ses lombaires au motif qu'il est seul maître de son corps et de ses décisions. Elle doit sentir ses réserves car elle lui dit gentiment :

« En matière d'éducation, il faut faire au feeling. »

Puis elle rajoute :

« Tu verras. »

Judith rougit comme si elle était prise en faute d'être aussi facilement décodable. Elle corrige immédiatement sa moue dubitative en proclamant gaiement :

« Absolument, d'ailleurs John Locke l'a parfaitement résumé en disant que l'éducation était une feuille blanche, une *tabula rasa* qui se remplit par l'expérience. C'était aussi un peu l'idée de Platon déjà qui décrivait l'esprit comme une tablette de cire… »

Et là, elle a beau sourire, elle sent bien qu'elle ne fait pas érudite mais tout simplement pédante. Elle ne sait pas ce qui lui a pris de faire étalage de lectures qui n'intéressent qu'elle. Sans doute la présence de

Jean-Pierre la met mal à l'aise et d'avoir été associée à cette rencontre sous un faux prétexte. Et sûrement aussi qu'elle lui reproche d'avoir tout senti avant qu'elle ne lui formule clairement sa démarche. Elle aimerait lui dire qu'il aurait pu être un peu plus franc mais déjà il annonce son départ :

« Florin, c'est un très joli prénom, dit-il en ramassant sa sacoche qui paraît bien flasque pour servir d'excuse à des rendez-vous professionnels.

– C'est son prénom de naissance ; on a pensé que c'était bien de le conserver.

– Bon après-midi les filles ! Je pense que vous avez plein de choses à vous dire.

– Salut Cédric, profites-en pour faire une sieste. Il y a du papotage dans l'air. »

Elle ne lui en veut même pas. Il lui fait gagner du temps. Il croit sûrement bien faire et partir est certainement sa plus sage décision. Elle va pouvoir se passer de son intermédiation. Les questions, finalement, c'est elle qui doit les poser et elle doute qu'elles se limitent à deux ou trois.

Elle n'a pas vu que le petit Florin s'amuse avec un manche à balai et frappe sur son puzzle en riant aux éclats à chaque coup, rendant le jeu partiellement inutilisable. Et là, au lieu de rire avec lui et trouver la scène charmante, elle se croit drôle en ajoutant :

« Tu sais que le psy que j'ai dû aller voir dans le cadre du dossier m'a raconté un cas d'adoption où l'enfant avait fini par tuer sa mère à l'adolescence. »

Heureusement qu'elle a précisé que c'était à l'adolescence, comme pour lui signifier qu'elle a encore environ une bonne quinzaine d'années devant elle à jouir de la vie.

« Ah vraiment ? Les parents ont dû sûrement manquer un virage dans l'éducation », répond Sandrine, à peine étonnée, en retirant un cube de la bouche de Florin.

C'est une irréductible conciliante qui ne croit pas aux gens mauvais et encore moins aux enfants dotés d'un fond méchant. Elle doit penser que c'est la société qui rend les individus infréquentables. Judith ne sera pas une mère permissive. De toute façon, elle n'a pas la patience nécessaire qui va avec. Et à cet instant elle pense à la plaisanterie vulgaire d'un de ses amis (peut-être Jean-Pierre) qui a dit que les enfants sont comme les pets, on ne tolère que les siens. Cette fois on est loin de Locke et de Platon, mais très proches du concret.

Florin cherche à présent à l'entraîner vers la chambre du fond avec beaucoup de détermination. Il s'est pris d'affection pour elle, une forme de syndrome de Stockholm galopant. Il lui tend en braillant le toit de la maison de rêve (c'était ce qui était inscrit sur la boîte) pour qu'elle le mette dans le seul trou qu'il n'a pas fracassé. Elle s'exécute bien volontiers et la boîte sonore les gratifie d'un « gagné » qui le ravit. Il recommence plusieurs fois de suite et Judith avec lui. Il faut bien faire des concessions.

« Ça suffit chéri, on a besoin de parler Judith et maman. »

Devant sa mine dépitée, Judith se demande si elle ne va pas plaider en sa faveur et démontrer qu'une règle un peu trop psychorigide pourrait avoir aussi des effets pervers. La voilà presque dans la peau d'une post soixante-huitarde prête à scander « laisser-les vivre » en faisant le signe *peace and love*. Et c'est là que Sandrine l'épate, car elle lui oppose tout de suite la théorie de la « frustration nécessaire ». Évidemment elle joue sur une corde sensible. Judith se demande même si ce n'est pas elle qui a inventé le concept. En tout cas elle est une grande adepte, certes involontaire mais expérimentale de ce bel oxymore dans beaucoup de domaines.

Florin finit par suivre son père qui cherche à l'entraîner dans sa chambre malgré sa résistance car il veut rester avec elle. Cédric le soulève du sol :

« Tu dis bye bye à Judith ? »

Il s'exécute en ouvrant et refermant sa main droite puis lui envoie un baiser. Elle fond devant sa grâce et son air malicieux et le regarde s'éloigner à regret. La bonne nouvelle est qu'elle ne voit plus en lui le futur assassin de sa mère.

28

Elles sont à présent assises toutes les deux sur le canapé, Sandrine a retiré ses chaussures pour être plus à l'aise et a replié les jambes sous elle. Elle a noué ses cheveux dégageant son visage qui s'anime avec enthousiasme. Il n'y a pas eu de cris quand Florin est parti avec son père. C'est elle qui avait raison. N'est-ce pas la vocation d'une mère d'avoir toujours raison sur ceux qui l'observent et qui sont souvent prêts à critiquer ?

Judith lui demande si elle ne veut pas à son tour profiter de ce temps mort pour se reposer et pour être à nouveau bien vivante, mais elle s'en indigne.

« Tu plaisantes, j'espère. On ne s'est encore rien dit. »

Façon de voir. Elles s'en sont dit beaucoup à force de se regarder mais manifestement elle veut en savoir plus. Elle n'a pas l'habitude d'être interviewée mais elle lui fait confiance.

« Alors raconte-moi ; ton envie d'adopter, cela fait longtemps ? » l'interroge-t-elle avec douceur.

Elle n'a pas envie de feindre ni de jouer à la grande qu'elle n'est pas, ni même de savoir comment Jean-Pierre leur a présenté son cas. Difficile en même temps d'expliquer un désir qu'on porte en soi depuis longtemps comme une évidence. Cela ne paraît pas naturel et elle a déjà fait mauvaise impression en invoquant Locke et Platon et en racontant cette stupide anecdote du psychiatre, alors elle ne va pas en rajouter en cherchant encore à brouiller les pistes. Elle simplifie :

« Plus ou moins. Cela a toujours été très présent en moi, même si je ne relie pas cette envie à une période précise. »

C'est quand même plus audible. Sandrine ponctue en précisant qu'elle la comprend. Bien sûr les choses ont été différentes pour elle et son mari car ils ont essayé d'en avoir un naturellement sans y parvenir. Une fois le diagnostic médical établi, ils se sont tournés vers l'adoption sans trop d'état d'âme lui précise-t-elle. C'est évidemment une expression que Judith ne maîtrise pas, elle qui a plus d'états que d'âme, mais elle imagine très bien que pour quelqu'un d'aussi éminemment positive que Sandrine, prendre les décisions qui s'imposent ne doit pas lui poser d'immenses problèmes.

Elle ose à peine l'interroger sur son mari pour savoir comment lui-même a vécu cette étape. Elle comprend qu'il a été très « supportif » (c'est l'expression qu'elle emploie, une espèce de franglais) et évite aussi l'indélicate question de savoir qui a un problème de stérilité dans le couple.

« Vous avez bien fait. Cela évite les échecs à répétition et la frustration qui va avec. »

Elle a bien conscience que son avis est un peu expéditif d'autant qu'elle ne sait rien de la réalité de leur démarche, mais il faut bien se mouiller un peu. Et là elle sent qu'elle recommence à en faire trop :

« De toute façon, les gens *(en fait les autres)* ne comprennent pas quand je dis que l'adoption m'est naturelle. »

Le pire c'est qu'elle est totalement sincère mais c'est sûrement avec une telle assertion qu'elle apparaît totalement décalée. Elle ne croit pourtant qu'aux rapports que l'on crée et qu'à tout ce que l'on décide pour soi-même, sans que cela s'inscrive nécessairement dans un lien biologique qu'elle qualifie de narcissique.

Difficile dès lors d'expliquer qu'il lui est plus facile d'adopter que d'en concevoir un, que porter un enfant n'est pas un plus pour elle, et que celui ou celle qui lui sera attribué pourra compter sur son amour sans réserve. Bien sûr, elle est peut-être dans ce domaine sans référence précise mais elle sait ce qu'elle éprouve et ses voies naturelles sont celles de l'esprit. Donc ce serait plutôt à une échographie de son cerveau qu'on devrait la livrer.

Sandrine ne semble pas surprise et avoue la rejoindre d'une certaine façon mais plus depuis que Florin est avec elle. Elle confesse avoir dû faire un travail sur elle-même. Cela ne se remarque pas quand on la voit avec son fils. D'où l'avis que lui livre Judith sur les différents modes possibles de la parentalité. Elle acquiesce mais assortit son hochement de tête d'un bémol.

« C'est sûrement plus facile pour toi parce que j'ai cru comprendre que tu faisais cette démarche seule. Quand tu es en couple, c'est plus délicat de bien se positionner. Cela peut remettre en cause certaines croyances et comment inscrire l'enfant dans ta lignée généalogique. »

Sur ce coup, c'est elle qui marque le point car Judith n'avait pas vu aussi loin. Elle fait le pari que son enfant adhérera à son récit sans forcément chercher à escamoter le sien. Et comme l'éducation ne peut se faire que sous bénéfice d'inventaire, il ne prendra de toute façon que ce qui l'intéresse.

Et même s'il n'est pas question de nier pour autant l'insécurité et les failles que l'adoption peut générer, elle considère qu'elles ne peuvent servir à elles seules d'alibi pour tout le reste.

« Je ne sais pas si c'est plus facile pour moi. Je sais juste que cela n'occasionne aucune souffrance ni frustration chez moi. »

Judith se sent obligée de tempérer devant le regard à la fois admiratif mais aussi incrédule de Sandrine :

« Enfin, d'une façon consciente. »

C'est bien, en progrès, puisqu'elle admet que l'inconscient peut être plus malicieux et par conséquent lui jouer des tours malgré ses belles proclamations. Mais Judith ne voit pas en quoi les théories du « deuil de l'enfant biologique » devraient prévaloir sur celles de la vie telle qu'elle se présente.

Sandrine confesse qu'elle a eu à certains moments un sentiment de culpabilité devant toutes les interrogations qu'on lui dessinait en creux.

« La meilleure façon de ne plus douter, c'est de regarder Florin. Il est à lui seul ta réponse la plus complète », la rassure Judith.

C'est plus à elle-même que cette remarque est adressée, même si elle est vraiment sincère. Elle s'est dit aussi que si Sandrine la testait un peu, elle devait à présent n'avoir plus de doute sur ses motivations. Elle l'enviait à cet instant d'avoir un petit Florin qui, au fond du couloir, était prêt à aller démolir ses jouets dès que sa réserve d'énergie serait reconstituée.

« Je vais dire à Viorica qu'elle peut sans problème te faire confiance et que tu es très au point. »

Judith comprend au même moment que Sandrine lui fera sûrement un rapport favorable à la suite de cette sorte d'enquête préliminaire, sans doute une vieille habitude acquise du temps de la « Securitate » mais elle garde sa plaisanterie pour elle. Elle est sûrement injuste. Tout cela part forcément d'un bon sentiment comme tout ce qu'on lui a imposé jusqu'à maintenant et le principal est qu'elle ait fait un bon score sans le savoir.

Sandrine lui dit encore qu'elle croit savoir qu'il y a une petite fille dans cet orphelinat qui pourrait faire l'objet d'une adoption. Car là aussi, il y a des catégories. Tout le stock n'est donc pas à vendre, se dit-elle sans avoir tout saisi d'un coup. Elle a besoin de solliciter son aire de Wernicke située dans la partie postérieure du lobe temporal gauche. Tant pis s'il ne reconnaît surtout que les consonnes ; elle improvisera pour les voyelles. De toute façon, même comme ça, elle peut se débrouiller: «l y n ptt fll». Non effectivement il lui faut le décodeur des voyelles aussi et tout à coup, elle intègre l'idée et ne peut retenir de s'exclamer:

«Cela veut dire que ma fille est déjà née?»

Sandrine éclate de rire.

«C'est vertigineux, n'est-ce pas? Bien sûr qu'elle est née!

– Tu reveux une tasse de thé vert? lui propose-t-elle gentiment, sentant que sa nouvelle amie a besoin d'un dérivatif.

– Tu n'as pas quelque chose de plus fort?

– Si, du thé noir.

– Non, quelque chose d'incolore, genre une vodka.»

Elle ne réalise pas qu'on est en plein milieu de l'après-midi et qu'elle risque de perdre tout le crédit qu'elle a accumulé antérieurement. Un peu comme avec son Colombo d'assistant venu visiter son appartement et qui l'a fait trébucher dans les cinq dernières minutes.

«Désolée, je n'ai pas de vodka mais si tu veux je peux te faire un gin tonic.

– Ça me va très bien. Je ne bois jamais, mais la situation l'exige.»

Elle a naturellement menti non pas sur la situation mais sur le fait qu'elle ne buvait jamais.

«Et tu sais quoi, je vais même t'accompagner!» lui répond gaiement Sandrine.

Peut-être qu'elle lui sert de prétexte finalement car elle a l'air très au fait du parfait dosage gin/tonic. La vie cachée des gens. En tout cas elle ne pourra pas la dénoncer à Viorica. D'ailleurs, pour lui en ôter toute envie, elle lui annonce d'une façon hasardeuse:

«C'est vrai que les services sociaux peuvent faire encore des contrôles même une fois que l'enfant est adopté légalement?»

Sandrine n'y voit pas d'insinuation. Heureusement. Même si inconsciemment, elle a sûrement voulu instaurer une sorte de chantage qui n'avoue pas son nom. De toute façon elle pourra aussi mettre ça sur le compte de l'alcool.

«Oui, je crois. Remarque, c'est un peu normal qu'ils viennent vérifier que tout se passe bien.»

Et là Judith s'énerve pour la première fois depuis leur rencontre devant autant de soumission.

«Non, ce n'est pas normal! Est-ce que la sage-femme peut débarquer chez toi après l'accouchement pour vérifier comment tu mets la couche? Cet enfant est ton enfant et personne ne doit pouvoir venir te contrôler sauf s'il y a un signalement comme pour tous les enfants.»

Heureusement, elle l'a dit assez calmement, ce qui a un impact positif sur Sandrine.

« Finalement c'est toi qui as raison. On accepte trop de choses sans doute parce qu'on ne se vit pas immédiatement comme des parents légitimes.

– Sûrement, concède alors Judith avant de rajouter : De toute façon, on s'en fiche, on n'a rien à cacher. Santé ! À la vie ! À Florin et… à ma fille. »

Elle pense qu'elle a tout mis dans le bon ordre. La santé car rien ne peut se faire sans elle, la vie qui a toujours le dernier mot et les enfants qui sont la conséquence de la vie et de la santé. Puis elle a bu cul sec le reste de son verre et est repartie avec la promesse d'un enfant dans le cœur et celle de Sandrine de se revoir vite et d'appeler Viorica le soir même.

29

Tout est allé assez vite après cette rencontre. L'appel de Sandrine à Viorica l'assurant qu'elle pouvait recevoir Judith les yeux fermés, l'envoi de son dossier et la fixation d'un premier rendez-vous juste pour faire connaissance, lui a-t-elle précisé, sans doute pour pouvoir évaluer par elle-même sa personnalité.

Elles conviennent qu'elle se rendrait en Roumanie à la fin du mois d'octobre. Aucune des deux n'a évoqué lors de leur bref échange la petite fille mentionnée à la fin de leur conversation. Il fallait d'abord en être jugée digne a supposé Judith.

Dès lors, elle s'efforce de mettre toutes les chances de son côté. Elle contacte l'avocat roumain dont Sandrine lui a donné les coordonnées et qui l'accompagnera tout au long de la procédure d'adoption en Roumanie.

Il parle de surcroît un français chaleureux avec toutes les nuances du latin dans son accent. Il est ravi de pouvoir aider une consœur parisienne dans une si noble cause. Pour les honoraires, on en reparlera plus tard, ce qui signifie qu'il attend de la rencontrer avant de les évaluer.

Plus les jours passent qui la rapprochent de la fin octobre, plus elle fonctionne selon un système d'arrosage automatique, pleurant et riant à heure fixe selon ses pics de sensibilité. Elle se sent en empathie avec la moindre histoire. Il lui arrive même d'écouter pour la énième fois les confidences de sa secrétaire sur les indélicatesses qu'elle subit dans le RER avant d'arriver au bureau. Elle compatit sans s'attarder. Peut-être parce qu'elle va être mère et qu'elle ne veut entendre que de belles histoires.

Même Madame Marchelier la trouve plus patiente. Elle lui a résolu son problème de prestation compensatoire et lui en est très reconnaissante. De ce fait, elle lui a déjà envoyé tout un lot de copines pour divorcer, ce qui ne l'amuse guère mais elle n'est pas au stade de sa carrière où elle peut se permettre de choisir ses clients. Surtout, elle sait qu'elle va devoir faire plusieurs déplacements en Roumanie et qu'il est préférable en conséquence de prévoir un budget additionnel pour les financer.

Et en attendant, elle expédie les affaires courantes car elle sait qu'il y aura un avant et un après, un congé de maternité d'un temps indéfini à prévoir.

L'idée de devoir se plonger dans certains dossiers lui est aussi peu séduisante que de se précipiter voir un film qui aurait remporté la palme au festival de Cannes.

Sa secrétaire lui passe au téléphone quelques cas difficiles. Ils tombent bien, cela lui permet de faire une dérivation. Elle aurait finalement pu être un très bon électricien spécialisé en modification de circuits pour surcharge émotionnelle.

Elle se concentre sur les êtres qui l'entourent, même ceux qu'elle ne connaît pas, comme cette vieille dame qu'elle croise régulièrement dans l'autobus et qui à cet instant devient la personne qui compte le plus pour elle. Une bonne journée est faite de ces adoptions contractées au gré des rencontres et de sa capacité à s'embarquer dans ces amitiés de fortune.

D'ailleurs, la transparence n'est-elle pas la particularité de la vieillesse qui fait qu'on se retrouve plus souvent ausculté que regardé?

Elle essaie de rentabiliser ses moments de liberté comme si elle pressentait qu'ils allaient lui faire cruellement défaut dans un temps encore imprécis.

Ainsi, elle profite d'un après-midi moins chargé pour utiliser le «bon pour cadeau» que lui a fait son compagnon pour son anniversaire dans le spa d'un hôtel de luxe. Pas le droit à l'erreur car ce n'est valable qu'une fois, comme souvent ses bonnes intentions à son égard.

Les vestiaires sont déjà des mines antipersonnel prêtes à exploser le moral, des laboratoires pour recrutement de la prochaine James Bond girl où les candidates chaloupent nonchalamment en string comme s'il s'agissait d'une tenue de combat habituelle. Judith se dit que si elle était faite comme elles, elle resterait aussi pendant des heures dans une quasi-nudité, étrangère au regard des autres.

Elle s'intercale entre ces ondines, ombre très vite dissipée, pour ramper jusqu'à la cabine la plus proche pour se changer, troquer ses habits de ville contre une tenue de zouave totalement dissimulatrice. Protégée par un t-shirt trompeur qui permet de s'interroger pour savoir si elle est une vraie grosse ou une fausse maigre, elle peut enfin gagner la salle de sport pour un cours de step où tout est dans la cadence.

Coup d'œil rapide autour d'elle. La plupart des participantes portent un bandeau qui leur ceint le front pour empêcher la sueur de couler, à moins que ce soit pour prévenir l'affaissement du cerveau.

L'échauffement à peine commencé, elle est déjà totalement larguée et n'arrive pas à mettre le bon pied sur la marche. Elle réfléchit trop, alors qu'il faut juste descendre et monter puis se déplacer de gauche à droite sans se poser la moindre question. La coach hurle dans son micro alors qu'elles ne sont que quatre, sur une musique à briser le tympan. Talon/fesse, talon/fesse. Elle connaît tout le monde sauf Judith qui a visiblement du mal à faire le lien entre les deux parties de son anatomie. Elle lui redémontre les pas avec bonne volonté, distribue des bonnes notes à celles qui suivent bien, puis finalement détourne son attention, considérant sûrement son cas comme désespéré. Le fait de n'être là que pour la journée ne l'incline pas à se montrer plus pédagogue. Elle sait qu'elle ne reviendra pas de sitôt.

Mais détrompez-vous Caroline, j'ai les moyens de prendre un abonnement. Je viens faire un cours d'essai. C'est à vous d'être au top, pas à moi de m'épuiser à réfléchir pour vous suivre, a-t-elle envie de lui dire comme pour lui démontrer qu'elle commet une grande erreur psychologique en dédaignant sa présence.

À la fin de la séance, la Caroline les gratifie d'un « vous avez bien travaillé les filles, vous pouvez être fières » sans entrer dans le détail de la cause de cette fierté (peut-être la lutte acharnée contre la fesse molle ?).

On la réclame à présent à l'espace beauté. Elle a promis à sa peau de l'anti-temps, de la désinfiltrer, la masser au caviar et de la raviver avec du pro-éclat.

Puis séance obligée chez le coiffeur car ses racines exigent un camouflage d'urgence.

À quoi reconnaît-on qu'on a passé la quarantaine ? Quand dans un salon de coiffure où la moyenne du personnel ne dépasse pas vingt-cinq ans on attribue à la cliente d'office la coiffeuse la plus âgée, la senior, celle qu'on a gardée contre vents et marées et que les propriétaires successifs se refilent pour ne pas avoir à lui verser une indemnité de licenciement trop élevée compte tenu de son ancienneté.

Peignoir raffiné, mains expertes malaxant son cuir chevelu et chassant les idées noires. Toute la boîte crânienne se soulève dans une révolte délicieuse. Propositions de relookage hors catalogue. Juste au faciès. Judith a encore dans la rétine la scène dans *Pandora* où Ava Gardner va rejoindre à la nage Charles Masson. Elle n'ose l'évoquer de peur qu'on lui prête une liaison virtuelle.

Voilà, madame Jacqueline (car je sais très bien qu'Elodie n'est pas votre vrai prénom), si vous êtes capable de faire de moi une femme comme celle-là, je vous décernerai le ciseau d'or. Mais je vois bien à votre façon de me sécher les cheveux avec une petite brosse qui va me faire plein de crans plaqués sur le crâne qu'il vous reste à faire des progrès. Inutile de chercher à me convaincre en me disant que la mode actuelle est au naturel, je ne le suis que par trop, naturelle. Je veux au contraire prendre toutes mes distances avec la nature. Ava avait pour vocation d'être imitée, pas d'être naturelle.

« Cela vous plaît ? lui demande enfin la coiffeuse en lui montrant distraitement le résultat dans le miroir.

– Oui merci très bien », ment Judith alors qu'elle pense : je ne suis pas trop mal pour une centenaire de quarante ans.

Elle a juste le temps de repasser chez elle pour se changer et arranger sa coiffure avant son dîner avec lui. Elle doit se sentir suffisamment belle car cette fois elle sait qu'elle ne pourra plus éviter le sujet.

30

Le sommelier juge bon de leur tenir compagnie et se livre à une exégèse du terroir du vin qu'il vient de leur servir. Il sait qu'il a affaire à un connaisseur qui comprend son langage et peut donc se livrer à une débauche de détails exigeants qui trouveront preneur. Cela permet à Judith de se montrer moins présente.

« Goûtez ce vin, chère madame, c'est un incontournable avec le plat que vous avez choisi. »

C'est que de nos jours, monsieur le sommelier, tant de choses sont des incontournables qu'on en perd son centre de gravité. Mais son compagnon semble tellement ravi de mobiliser tant de personnes autour d'eux qu'elle ne peut le priver de cette satisfaction. Et même si elle se sent un peu perdue pour identifier ce qu'il y a dans son assiette, elle s'amuse du plaisir qu'il éprouve à cette dégustation. Soupe d'ortie amenée en majesté par deux élèves récemment diplômés d'une école hôtelière qui attendent le signal du maître d'hôtel pour retirer la cloche qui la maintient au chaud, gratin dauphinois masqué par un jardin à l'anglaise miniature de touffes d'herbes, tournée du chef qui vient se faire plébisciter par les complimenteurs qui craignent d'être mis sur une liste noire s'ils ne trouvent pas immédiatement le bon superlatif. Et cette impression de faire partie pour quelques minutes d'un cercle de grands initiés qui se congratulent juste avant l'arrivée d'une addition obscène.

« Tout va bien ? »

Elle ne s'attendait pas à cette question qu'il lui pose négligemment en tendant sa carte de crédit sans un regard pour le montant facturé.

C'est sûrement un geste de riche, quand le prix dont on s'acquitte n'a aucune incidence sur la fin de mois au point que cela ne vaille même pas la peine de le vérifier. Mais chez lui, c'est surtout un signe du plaisir qu'il recherche quel que soit son coût sans en retirer un sentiment de puissance. Elle ne se trompe pas sur la nature de ses actes ni sur l'intérêt qu'il lui porte à cet instant, même si elle ne sait pas trop à quoi cette question fait référence. Est-ce sur son état en général ou sur la qualité du repas qu'il l'interroge ?

Il lui a laissé un message le matin même lui indiquant qu'il souhaitait lui parler et cela a suffi à la troubler pour le reste de la journée. C'est rare qu'il fasse ce genre d'annonce. Qu'a-t-il donc à lui dire qui nécessite le besoin de prévenir son répondeur, comme s'il avait quelque chose à préfacer ? Son canal spécial s'est mis en alerte, prêt à refluer les informations négatives. Peut-être va-t-il lui annoncer qu'il préfère la quitter alors même qu'elle ne lui a encore rien dit de la tournure que prend sa vie. Ce repas dans ce restaurant étoilé où il a ses habitudes ferait alors partie de la mise en scène en guise d'acompte sur toutes les futures raisons de le regretter.

Finalement, l'arrivée de sa fille sera étrangère à sa décision puisqu'il n'en aura rien su et cette rupture interviendra juste avant, comme si dans la vie on ne pouvait pas tout avoir. Ou une simple intuition qu'il vaut mieux partir à titre préventif pour donner raison à Blaise Cendrars quand il déclare « quand on aime on quitte » ?

Il faudra qu'elle s'en souvienne quand elle racontera à sa fille alors en âge de comprendre à quoi jouent les adultes quelquefois. Un homme qu'elle commençait à aimer beaucoup l'a quittée quelques mois avant son arrivée. Elle ressent déjà ce qu'éprouvent les femmes délaissées alors qu'elles sont enceintes. Elle a eu à traiter un cas comme ça dans sa clientèle et elle a trouvé ça terrible.

Il y a deux façons de dissimuler ses angoisses, soit en les exhibant, soit en les taisant. Dans les deux cas, elles passent inaperçues. Trop bruyantes, elles ne sont pas prises au sérieux, trop silencieuses, elles ne sont pas détectables, même par une ouïe fine.

Pourtant, elle y croyait encore ce matin, avant d'écouter son message, à la fameuse théorie de l'alignement des planètes et du *kairos*, le timing parfait entre son histoire d'amour et l'arrivée de sa fille. Sauf que maintenant, c'est peut-être une véritable rupture qu'elle va devoir gérer et tout ça en même temps. Elle pense à la phrase de sa grand-mère sur le destin. Ne lui a-t-elle pas dit qu'il était écrit mais qu'il n'était pas signé ?

Encore quelques échanges avec le maître d'hôtel pour retarder l'instant de la déclaration fatale. Dire qu'elle a vidé la moitié de son dressing en se préparant avant de finalement faire dans la sobriété avec un pull et pantalon noirs, regard souligné pour indiquer que ce sont les yeux à admirer en priorité. Il ne lui a jamais rien dit à leur sujet, comme s'il s'arrêtait toujours à mi-corps pour destiner ses compliments. Mais à présent il lui dit qu'ils sont vraiment très beaux et qu'il la trouve ravissante en noir, la couleur des nomades du désert. Il a comme ça tellement de phrases qui font réfléchir. Elle aimerait bien qu'il en finisse et qu'il lui dise tout de suite ce qu'il a à lui annoncer. Elle ne veut pas qu'il la sauve avec des mots pansements. Alors elle veut savoir. Elle se lance :

« Tu m'as laissé un message ce matin… »

Il fronce les sourcils et semble ne plus s'en souvenir. Il cherche dans son marc de Bourgogne à recouvrer la mémoire.

« Ah oui, j'y suis. Je voulais juste savoir si cela te tenterait un petit voyage en Arctique. J'ai repéré une super croisière à partir de Reykjavik mais il faut disposer d'un peu de temps. »

Judith a envie de rire à présent. Elle se sent si soulagée qu'elle ne recherche plus du tout à composer et sûrement désinhibée par ses trois verres du vin incontournable, c'est très sûre d'elle qu'elle s'entend lui répondre :

« Pourquoi pas, avec plaisir, mais je dois aller à la fin du mois en Roumanie.

– Ah ! Tu as un dossier là-bas ?

– Oui, le mien. »

Elle l'a dit avec beaucoup de naturel et c'est avec le même ton sans effet, enhardie par sa proposition rassurante d'un voyage, qu'elle lui raconte d'un trait les grandes lignes de sa demande d'adoption jusqu'à l'obtention de son agrément et sa rencontre avec Sandrine. Elle parle avec un débit continu en ne relatant que les moments forts car elle souhaite retenir son attention. Pas question de lui faire part de son ressenti, de ses moments de révolte et encore moins de ses doutes. Les faits, rien que les faits, sans chercher à apitoyer ou à convaincre. Et comme chaque fois que quelque chose lui tient à cœur, elle place son affect sous tutelle pour tenir l'essentiel à distance. Elle ne veut pas risquer d'être interrompue pour cause de dilution du récit dans trop de phrases.

Elle connaît son impatience face aux détails, sa détestation de la dissection de l'infiniment petit et ne veut pas sentir sa jambe s'agiter sous la table. Elle ne le supporterait pas. En tout cas pas accolé à cette histoire. Mais il est au contraire figé et rien ne bouge, ni son regard fixe, ni son visage qu'il tient dans sa main. Impassible ! Le parfait oxymore à son état naturel.

Elle ne sait pas quoi penser de cette apparente neutralité qui ne lui est pas coutumière. Quand elle a terminé sa version concentrée, elle s'attend à être questionnée, qu'il revienne au moins sur les causes de sa démarche, qu'il s'exclame, l'interpelle, la somme de se justifier.

Mais rien de tout cela ne se produit et c'est elle qui culpabilise à présent et qui veut atténuer cette mise à l'écart dont elle mesure tout le poids, comme si elle se rendait compte qu'elle lui avait joué un sacré tour en se taisant pendant des mois. Son silence qu'il lui oppose est sûrement le fruit de sa sidération et plus qu'une croisière en Arctique, il va sûrement lui proposer de la laisser définitivement sur la banquise pour haute trahison. Car elle l'a trompé, oh certes sans recours extérieur, mais peut-être de la pire façon, dans la jouissance absolue de la dissimulation. Et alors qu'elle se tenait à ses côtés partout où il la conviait, qu'ils communiaient en silence dans la spiritualité d'un concert, qu'ils s'extasiaient ensemble de la beauté du monde au cours de leurs voyages, il était en fait accompagné ces derniers mois d'une femme qu'il avait jugée apte pour toutes les saisons et qui était en réalité enceinte d'une idée dont il ignorait l'état d'avancement.

La vie est vraiment mutine: elle qui pensait avoir mordu à l'âme sœur, elle va devoir gigoter suspendue à l'hameçon jusqu'à s'en décrocher. Oui vraiment dommage, *too bad*! Elle ne comprend plus elle-même les raisons de cette exclusion féroce et si elles n'étaient vraiment dictées que par la peur de le perdre. Et tout à coup, c'est elle qui est prise de vertige. De quoi s'agit-il? (Son fameux mantra pour recentrer le débat.) Eh bien de quelqu'un qui se dote d'un alibi en or massif pour organiser une tromperie à vaste échelle pour ne pas qu'on la décourage et qui maintenant doit faire face à la colère sourde de l'homme de sa vie qui ne pourra plus jamais lui faire confiance.

Elle essaie encore de sauver ce qui peut l'être et lui précise qu'elle n'en a parlé à personne par superstition et pour être certaine de ne pas subir des influences sans même réaliser combien cette justification est à soi seule blessante. Qui est-il finalement si elle le traite comme tous les autres et l'englobe dans tous ceux dont elle ne veut pas l'avis, lui qui l'a sortie de sa vie enchâssée et lui a donné l'occasion unique de voir le monde tel qu'il est, ni prometteur ni cynique? Sans doute pourrait-elle expliquer sa prévention à ne pas se dévoiler par sa façon de se badigeonner le cœur avec de l'écran total même s'il n'existe aucun indice de protection qui ne laisse pas passer quelques rayons capables de la carboniser. Elle pourrait expliquer que sa discrétion est le fruit d'une éducation qui fait qu'on retient jusqu'à risquer l'infection tout ce qu'on peut taire.

Entre-temps, on leur a resservi d'office un café avec des rangées symétriques de mignardises qu'il mange dans une cadence soutenue, une à une jusqu'à épuisement du stock. Elle voit à présent que tout va très vite dans sa tête. Elle est habituée à cette situation lorsqu'elle attend le prononcé d'une décision et qu'elle ne sait pas si elle a suffisamment été convaincante. Mais évidemment tout est différent car il n'y aura pas d'appel possible, et c'est sûrement la force de la vie, ce direct et ce fusil à un seul coup. Elle se sent chancelante tandis qu'il rappelle le sommelier et lui demande de lui resservir de ce merveilleux marc et commande pour elle, sans la consulter, une vieille prune de Souillac. Il ne la regarde toujours pas et semble entièrement capté par les gestes de l'œnologue. Elle ne sait pas si c'est par intérêt pour lui ou par mépris pour elle. Elle voudrait lui exprimer tous ses regrets mais semble hypnotisée à son tour. Aucun son crédible ne pourrait sortir de sa bouche à cet instant. Elle regarde à son tour le verre qui s'incline et tourne avant d'être déposé devant elle par le maître des breuvages. Il attend qu'il s'éloigne pour lever le sien et la toise en calant son verre entre ses doigts de chaque côté du ballon qu'il enserre fermement avant de déclarer :

« À la Roumanie, à toi et à cette enfant qui aura la chance de t'avoir pour mère ! »

Judith a l'impression d'être soudain comme à la fête foraine lorsqu'avec une simple balle en mousse, elle a réussi à descendre toutes les boîtes sagement alignées en face d'elle. Elle va pouvoir repartir les bras chargés de cadeaux encombrants. Elle se dit qu'un homme capable en pleine montagne de sortir de sa voiture au milieu d'un troupeau de vaches, juste pour les voir de plus près, ne pouvait que lui réserver de bonnes surprises. Elle pense surtout que décidément, il respecte toutes les promesses qu'il ne lui a pas faites.

31

Il est temps qu'elle se concentre sur ce qu'elle va emporter. Elle a rendez-vous dans deux jours à Bucarest en fin d'après-midi. Elle a souhaité s'y rendre seule. Maintenant qu'il est au courant, les choses sont différentes, mais il comprend qu'il est préférable qu'elle se fasse sa propre opinion. Pas de raison véritable d'interférer à ce stade. Et puis cette Viorica, il vaut sûrement mieux qu'elle l'aborde à sa façon. C'est une simple prise de contact, juste pour faire connaissance et voir aussi avec son avocat si tout est en ordre. D'ailleurs, celui-ci lui a promis de venir l'attendre à l'aéroport.

Elle sort son grand sac de voyage, celui qui la fait ressembler à une professionnelle du dilettantisme. Il y a plein d'étiquettes collées dessus avec des destinations qui lui sont toutes étrangères car c'est à Jean-Pierre qu'elle doit ce patchwork de blasons héraldiques de terres inconnues.

Que va-t-elle y fourguer pour lui porter chance ? Des livres bien sûr. Elle commence à en sélectionner quelques-uns comme on choisit une bonne bouteille à la cave, en l'extirpant de sa tirette pour savoir s'il mérite de faire partie de l'aventure. Elle a besoin des mots pour lui tenir compagnie. Elle en a pour toutes les saisons et pour tous ses états. Des mots pour saluer le jour naissant et ceux que l'on murmure au crépuscule. Des classiques et des modernes. Ceux qui rapportent la vie des autres et ceux qui lui réapprennent chaque jour à vivre la sienne, heure après heure.

Quand elle pourra enfin voir cette petite fille, elle demandera à Olga de lui en conseiller quelques-uns rien que pour elle. C'est une référence pour Judith, Olga, car elle sait tout ce qu'une femme doit savoir pour être heureuse. Elle sait surtout se contenter de l'essentiel. Elle l'entend déjà lui résumer le synopsis des meilleures ventes pour chaque tranche d'âge et la mettre en garde contre sa tendance à vouloir hâter l'enfance pour la précipiter dans le savoir et l'utile.

Mais de toute façon, la rencontre n'est pas pour tout de suite, en tout cas pas pour ce voyage. Il lui faut d'abord franchir la barrière de corail des humeurs de Viorica, la mettre en confiance, lui montrer qu'elle est digne de son onction avant qu'elle l'autorise au cours d'un prochain voyage à enfin l'approcher.

Le téléphone sonne. Elle interrompt sa flânerie itinérante à travers les rayonnages de sa bibliothèque. Elle en a un spécifique dédié aux livres qu'elle n'a pas encore lus. Ils viennent compléter ceux dont elle ne se souvient plus, comme autant de promesses de bonheur.

C'est lui qui l'appelle juste pour lui souhaiter une bonne nuit. Il a cette façon très particulière de se relier aux choses sans les nommer et surtout sans insister sur leur importance. Elle sait aussi qu'il lui faut du temps pour s'habituer à cette nouvelle idée et qu'il puisse à son tour l'intégrer. C'est normal, elle a au moins plusieurs années d'avance sur lui. En tout cas, il ne l'a pas quittée ni même rejetée. Il a continué à la voir avec la même intermittence mais elle sent que quelque chose a changé, une densité perceptible à un sourire amusé, une nuance de respect face à sa détermination. Ils n'en ont pas réellement reparlé comme si maintenant il n'y avait plus qu'à agir. Seule l'action doit guider la pensée.

Elle ne sait pas où il a vraiment envie de se situer dans cette nouvelle configuration. Elle imagine qu'il l'ignore tout autant. Ils verront bien tous deux. Il prendra la place qu'il souhaite. Elle est d'accord pour tout, pourvu qu'il reste.

32

Alexandru est là à l'attendre à sa descente d'avion comme il l'avait promis. Il n'a pas eu de mal à l'identifier.

« J'avais ta photo dans ton dossier et puis tu as l'air si parisienne. »

Elle est étonnée de ce tutoiement immédiat mais le met sur le compte de cette proximité due à ce qu'ils exercent le même métier. Sauf que là, c'est elle qu'il va devoir prendre en charge et rassurer. Et bien que pour le moment elle ne se sente pas trop inquiète, elle éprouve la même impatience qu'ont souvent manifesté ses propres clients à son égard. Il lui répond avec des mots périphériques à ses préoccupations. Il lui faudra vite lui faire comprendre qu'elle n'a pas besoin d'une musique d'attente.

« C'est la première fois à Bucarest, j'imagine ?

– Oui, en effet.

– Cela ne m'étonne pas. Jusqu'à présent la Roumanie n'était pas vraiment une destination touristique mais on espère que cela va changer. »

Il a ce délicieux accent chantant avec lequel il frappe n'importe quelle syllabe et une tendance à prononcer le e avec un yod. Le trajet relativement court de l'aéroport au centre-ville lui permet d'être informée sur la décroissance de la population depuis la fin du communisme. Elle le laisse commenter l'actualité de son pays et les effets et les leurres d'une démocratie récente. La coalition un peu anarchique qui vient de remporter les élections n'a pas découragé pour autant les anciens nomenklaturistes communistes. Ils n'ont pas tardé à goûter aux délices de la bourgeoisie naissante. Il parle aussi de désenchantement, le sien ou celui des peuples quand ils se libèrent et qui sont forcément déçus par les nouvelles contraintes qu'on veut leur imposer.

Judith l'écoute patiemment en hochant la tête tout en regardant le paysage qui défile et qui ne retient pas particulièrement son attention. On dirait que les villes qui s'interposent sur les chemins entre les aéroports et les capitales sont faites pour être oubliées.

« Vous connaissez Viorica ? lui demande-t-elle, décidée à ne plus patienter alors qu'il a à peine terminé ses constats pessimistes sur la volonté de départ d'une partie de la jeunesse.

– Oui, j'ai déjà eu plusieurs dossiers avec sa fondation. »

Et comme s'il s'attendait à la prochaine question, il la devance :

« Elle est très sérieuse. C'est une chance d'avoir affaire à elle. »

Sous-entendu que c'est loin d'être le cas partout. Elle a certes entendu parlé de ces associations qui profitent du désarroi de certains adoptants pour être peu regardants sur les enfants adoptés ou qui demandent des règlements sous divers prétextes. Elle est donc rassurée par la qualité reconnue de la directrice. D'ailleurs, son institution est bien adoubée par la fameuse Mission d'adoption internationale, ce qui lui confère déjà toute sa crédibilité.

Mais ce qu'elle a en tête, comme beaucoup, ce sont les images diffusées régulièrement sur les orphelinats sous Ceausescu. Bien qu'une bonne dizaine d'années sépare les deux périodes, elle ne peut s'empêcher d'y penser car la télévision s'est montrée prolixe à révéler cette détresse.

« J'espère qu'en tout cas, les endroits où sont hébergés les enfants sont corrects.

– Aucun doute. Elle est très exigeante, vous savez. »

Elle met son vouvoiement soudain sur le compte d'une volonté de défendre l'image de son pays devant une opinion publique plutôt défavorable. Elle n'a pas voulu le vexer mais elle a préféré évacuer ce sujet immédiatement pour ne plus avoir à y revenir.

La voiture passe à présent devant un monument de type stalinien que son interlocuteur lui dit être le Parlement, une des mégalomanies de l'ère précédente. Elle a tout juste le temps de passer à son hôtel, déposer son bagage, se remaquiller légèrement et passer une jupe comme si elle se rendait à un entretien d'embauche pour ne pas paraître négligée. L'opération n'a duré que dix minutes. Alexandru est resté à l'attendre dans le hall. Il l'entraîne par le bras sitôt sortie de l'ascenseur car il ne veut pas être en retard pour ce rendez-vous prévu à 17 heures, d'autant qu'il a un dîner après, auquel il lui propose d'ailleurs de se joindre, avec un client qu'il qualifie de sympathique. Évidemment Judith a fait oui de la tête sans vraiment y penser. Pour l'instant, ce n'est pas la façon dont elle va passer sa soirée qui la préoccupe. Elle est entièrement mobilisée par sa rencontre avec Viorica.

33

Les locaux de la fondation sont situés dans un immeuble vétuste d'une ruelle étroite au deuxième étage. Elle suit Alexandru sans trop faire attention aux murs écaillés par un manque d'entretien et une construction rapide à bas coût, typique de l'empressement des architectes des années 60 à y entasser le plus de monde possible.

Viorica se tient derrière un bureau de bois blond à deux caissons montés sur des pieds fins. La pièce est mal éclairée. Quelques photos d'un monastère s'offrent comme seule concession à une esthétique cruellement absente. La religion orthodoxe a repris ses droits après la révolution et il est grand temps de le rappeler.

Elle tend une main ferme à Judith après avoir échangé quelques mots en roumain avec Alexandru suivis de rires complices. Elle chausse ses lunettes et prend le dossier au-dessus d'une pile où elle peut lire à l'envers son nom inscrit. Est-ce que ses clients éprouvent ce même sentiment quand ils viennent la voir, de n'être qu'un dossier parmi d'autres, une affaire courante à expédier ? Des comme vous en attente d'espoir, j'en ai des dizaines semble dire ce tas de pochettes de toutes les couleurs. Voyez tous ces dossiers ? Aujourd'hui c'est vous, demain ce sera quelqu'un d'autre et vous pensez que vous êtes unique. Mais Viorica ne la laisse pas longtemps gamberger.

Elle retire de la chemise une fiche et une photo qu'elle lui tend, assorties de ce commentaire :

« Cela ne vous dérange pas qu'elle vous ressemble ? »

Tous les r ont roulé jusqu'à son cœur et se sont affalés en bout de course dans chacune de ses artères. Elle n'a pas que l'accent d'Elvire Popesco, elle en a la malice sans le charme et malgré sa stature massive et son regard austère, on la sent prompte à évaluer son interlocutrice. Elle lui dit que Sandrine lui a raconté leur rencontre et qu'Alexandru lui a déjà donné quelques informations à son sujet. Cela n'étonne même pas Judith que ces personnes qui la connaissent à peine se croient autorisées à parler d'elle, voire à sa place. Elle tient à présent dans sa main la photo fondatrice, prélude à des centaines d'autres qui seront collées un jour dans son album à émotions. Elle est presque en apnée quand elle se décide enfin à la regarder.

Elle se rappellera toujours qu'il était 17 heures passées de huit minutes à la grosse horloge située face à elle, lorsqu'elle l'a vue pour la première fois, sa fille, avec ses grands yeux vert céladon et sa coupe au bol, face objectif, prise dans une cuisine en formica blanc avec un fond de mur sur lequel se détache une marmite faïencée comme on en trouve encore dans les campagnes, surprise sans sourire dans un pyjama juste fait pour tenir chaud. Les enfants de son entourage portent des vêtements qui réverbèrent la classe sociale de leurs parents. Mais cette réflexion, elle se la fera bien après, quand déjà la photo aura reçu son cadre approprié et qu'elle se pavanera fièrement sur une étagère de sa bibliothèque devant un livre de Pessoa pour lui assurer d'être en bonne compagnie. Désormais, ce sera elle la vedette qu'on devra voir en premier en entrant dans le salon. Le reste ne sera que littérature mais « à cet instant la vie suffit grandement[2] ».

C'est donc à 17 heures passées de huit minutes qu'elle est devenue mère. Elle sait que c'est difficile à expliquer et encore plus à prouver, mais cette sensation de cette minute unique où toute une vie prend un autre sens, elle l'a éprouvée instantanément, comme une kundalini lovée au fond de son être qui se serait éveillée brusquement.

À la différence des mères biologiques qui font cette expérience allongée et encore tout en sueur quand on leur dépose leur bébé sur leur ventre, elle se tient assise devant un bureau tout habillée et maquillée, sans trace de transpiration, juste en contemplant cette photo. Pourtant, il lui semble vivre exactement la même expérience. Comme quoi la façon de devenir mère n'est pas une question de position. Cette petite qui la fixe sur papier glacé est déjà bien sa fille, sans l'avoir encore rencontrée et même s'il lui faudra attendre encore quelques mois avant qu'elle puisse lui mettre des pyjamas de son choix.

Tout bourdonne autour d'elle. Viorica lui annonce qu'elle a organisé une rencontre le lendemain matin dans la famille d'accueil où se trouve l'enfant. Judith s'entend dire encore « vraiment » et « formidable », deux pauvres mots par rapport à ce qui l'habite. Elle lui parle aussi d'une déclaration à signer chez un notaire et d'autres démarches à accomplir avant son retour. Alexandru lui expliquera tout ça plus tard, la réglementation et ses délais incompressibles. Oui, plus tard, s'il vous plaît car à cet instant, elle s'en moque. Elle vient de ranger dans une pochette la photo, sa première échographie de son enfant de deux

2. Pessoa (la littérature est la meilleure preuve que la vie ne suffit pas).

ans. Est-ce qu'on a envie de parler législation quand on enfouit un tel trésor dans son sac? Elle hoche la tête juste pour indiquer qu'elle a vaguement compris. Pas de problème, elle le connaît que trop ce métier où l'on doit prévenir et mettre en garde un client qui ne retiendra que ce qu'il est en état de comprendre. Elle ne leur répond pas. Tout cela n'a plus vraiment d'importance; cette attente juridique n'est que le temps nécessaire d'un processus inversé pour faire entrer sa fille en elle.

34

«*Multumesc*», elle l'a bien prononcé une dizaine de fois au cours de ce dîner auquel Alexandru a tenu à la faire assister. Heureusement, il a beaucoup parlé en roumain avec son autre invité. Cela lui a permis à elle de s'absenter. Surtout qu'on ne fasse pas attention à elle. Elle n'en a pas besoin ; elle a largement de quoi s'occuper l'esprit. Elle n'a jamais consommé la moindre drogue et elle n'y connaît rien à ces noms de plantes dangereuses, mais elle imagine volontiers cet état second et ouaté dans lequel les consommateurs disent se trouver plongés. Elle lui a même laissé choisir son repas, les fameuses *mititei*, ces petites saucisses de viande grillée servies avec la salade de *shopska – oui bien sûr, le meilleur plat du monde* – sûrement, avec toutes les autres spécialités nationales dont s'enorgueillit chaque pays. Elle est prête à toutes les concessions pourvu qu'on la laisse tranquille car elle a un des rendez-vous les plus importants de sa vie demain matin. Elle a à peine eu le temps de téléphoner à sa mère avant de se remettre en état pour le dîner. Elle sait en tout cas que cette nuit, elles seront deux à ne pas dormir.

« Quoi déjà, tu la rencontres demain matin ? Mais ce n'était pas prévu, chérie. Tu n'as même pas un jouet pour elle ou un petit vêtement ! »

Comme elle est rassurante cette mère avec son bon sens pratique qui remise les émotions pour remettre le pragmatisme au milieu du village. Et surtout comme elle a raison ! Elle va rencontrer sa fille et elle n'a rien à lui donner pour ce premier rendez-vous, même si elle a tant à lui offrir. À deux ans, ce ne sont pas les promesses qui comptent, ni les meilleures intentions, mais bien tous ces paquets entourés de beaux rubans qu'on dépose comme des offrandes aux pieds des enfants. Elle se souvient de la joie du petit Florin quand il a arraché le papier et détruit en partie le contenu de la boîte.

Elles en riront sûrement ensemble un jour quand elle lui racontera qu'elle est venue les mains vides. Entre-temps, elle aura largement eu le temps de prévoir et de la couvrir de cadeaux, de vêtements et de l'ensevelir sous un tas de choses futiles. Alors ce n'est pas trop grave si elle la laisse encore dans le dénuement auquel elle est habituée car bientôt ce sera peut-être de chaque excès dont elle se plaindra. Elle ne se souviendra probablement pas de ce moment-là.

«*Multumesc*», dit-elle en choquant son verre avec Alexandru et son client auquel elle ne prend pas le temps de s'intéresser, elle qui d'habitude a la marque d'attention facile. Qu'est-ce que son problème d'exportation de blé et de maïs peut bien lui faire à l'heure où elle est pénétrée de mystère et de grâce? Heureusement, son anglais à lui est trop rudimentaire pour qu'il se croie obligé de lui traduire les difficultés qu'il expose à son avocat.

«*Don't worry. It's not a problem*», s'entend-elle lui répondre, trop soulagée de n'avoir même pas à faire acte de présence.

Il est 23 heures quand Alexandru la raccompagne enfin à son hôtel avec l'instruction d'être prête à 7 heures dans le hall car la route est longue jusqu'aux environs de Brasov où se trouve la petite.

«Elle est quelque part près du château de Dracula, pour te situer l'endroit. Tout le monde en a entendu parler.»

Évidemment qu'elle en a entendu parler mais elle n'est pas là pour faire du tourisme ni pour vérifier l'authenticité du mythe associé à Vlad III qui n'aurait probablement fait qu'une halte rapide dans cet endroit. Les légendes ont la vie dure, elle le sait, elle qui va bientôt écrire la sienne.

Contrairement à sa crainte, elle s'endort très facilement et c'est la sonnerie du réceptionniste qui la réveille en sursaut. Finalement, les grands moments sont souvent accueillis par des réactions imprévisibles; l'alchimie du corps et la résilience des organes suivent leur propre agenda.

Elle consulte son visage du jour: un peu de mascara et un simple trait sous les yeux devraient suffire. De même un pantalon de velours marron glacé et un pull couleur chamois seront parfaits pour ne pas lui donner un air trop parisien comme l'a gentiment moquée Alexandru quand il l'a vue à l'aéroport. Elle lui a fait part de la remarque de sa mère et il la rassure en lui confiant un grand paquet de bonbons en entrant dans la voiture. C'est vraiment nul, pense-t-elle, d'arriver sans rien d'autre que ce tas de sucreries mais il est beaucoup trop tôt pour espérer trouver un magasin ouvert. Au moins elle aura quand même quelque chose à lui tendre hormis ses bras.

Il l'a prévenue, ils vont traverser des forêts et prendre des routes montagneuses, il fera beaucoup plus frais que dans la capitale. La route est belle jusqu'à Brasov et passe par Sinaia où il a prévu de l'inviter à déjeuner sur le chemin du retour, comme une récompense. De toute façon, Viorica ne leur a accordé qu'un permis de visite d'une heure trente maximum. Elle se rendra par la suite vite compte qu'elle doit absolument se conformer aux règles qu'elle édicte sans chercher ni à les comprendre ni à les contourner. Elle se souvient des recommandations de Sandrine à ce sujet et ne veut surtout pas risquer de se la mettre à dos par une attitude trop personnelle qu'elle pourrait qualifier d'arrogante. Elle tient son destin en mains et comme pour toute prise d'otage, elle doit obéir aux consignes. Elle pense aussi qu'Alexandru, malgré sa bonhomie, est en réalité aux ordres de Viorica même si c'est elle sa cliente. Bien qu'elle ne comprenne pas un mot de roumain, elle a bien noté le ton docile et le rire obséquieux avec lequel il ponctue leurs échanges. Qu'à cela ne tienne, elle sait faire. Elle essaiera juste de se faire sa propre opinion si nécessaire.

Pour l'instant – *so far so good* – pense-t-elle en se laissant bercer par la conduite paisible et sans à-coups d'Alexandru, assortie de ses commentaires sur les pistes très recherchées qu'offre la région pour les randonnées en été et pour le ski en hiver.

« Tu as aussi ce magnifique monastère et le château de Peles, la résidence d'été du roi Carol Ier de Hohenzollern-Sigmaringen. Tu m'as dit aimer l'histoire, eh bien cela devrait t'intéresser car les premières versions ont été conçues selon des plans inspirés des châteaux de la Renaissance. Puis finalement le roi a retenu une conception plus allemande.

– Normal si c'était un Hohenzollern, se risque-t-elle pour tout commentaire, plus pour montrer qu'elle suit sans avoir envie d'aller plus loin pour préciser sa pensée.

– Et pour te détendre, il y a aussi des spas car c'est une ville thermale réputée. »

Elle le remercie pour ce partage mais elle n'a pas l'esprit à ce badinage, bien qu'elle aurait sûrement besoin de se détendre car elle commence à ressentir cette boule qui l'assaille quelques fois et qu'elle connaît bien, avant une plaidoirie ou le prononcé d'une décision. Il lui est si familier ce fameux pincement qui lui compresse l'estomac comme si on y avait fixé une tenaille pour le tenir serré.

« Voilà, on arrive dans la région de Brasov. Je crois me souvenir qu'on ne doit pas tarder à tourner.

– Tu es déjà venu ? s'étonne Judith qui semble soudain sortir de sa torpeur.

– Oui quand je me suis occupé de l'adoption du petit Florin que tu as rencontré. Sa famille d'accueil était aussi dans les parages.

– C'est bien, cette pratique de les placer dans des familles. »

Elle a récupéré ses esprits et en profite pour lui demander si c'est courant.

« Viorica y tient beaucoup. Dès qu'elle peut, elle préfère les sortir de l'orphelinat en attendant que la procédure d'adoption se fasse. »

Elle ne préfère pas demander à quoi ressemble l'orphelinat. De toute façon, elle n'obtiendrait sûrement pas de réponse objective. Il lui jurerait qu'il n'a rien à voir avec ce que les reportages ont montré de ces lieux d'épouvante. Peut-être qu'il ne le connaît pas lui-même. Ils font les derniers kilomètres en silence. Alexandru finit par se garer devant un immeuble comme on pourrait en trouver dans n'importe quelle banlieue d'une grande ville, issu d'un programme de logements sociaux comme les politiques aiment en créer pour qualifier leur initiative d'ambitieuse. On ne sait pas réellement à qui profite cette ambition à voir l'aspect délabré des façades et l'insalubrité des cages d'escalier qui ne font plus d'effort pour résister au temps et se laissent décrépir. Elle n'y fait pas vraiment attention et se tient derrière Alexandru pour monter les deux étages qui les séparent de la porte miraculeuse.

Ils sont accueillis par une femme d'une quarantaine d'années comme elle, habillée d'un pull rose et d'un pantalon de jogging gris. Sa coiffure courte et épaisse sur le crâne lui donne l'allure d'avoir été moulée dans un casque. Elle lui sourit, fait signe d'entrer dans le salon-salle à manger qui se trouve tout de suite sur la gauche du couloir mal éclairé. Le mari est aussi présent ainsi qu'une adolescente de quatorze ans qui tient dans ses bras une petite fille.

Judith se souviendra toujours de sa petite robe rouge en tricot, de ses collants épais blancs et ses chaussons montant aux chevilles. Elle est de dos et elle voit ses deux couettes tenues par des élastiques en forme de cerise. Mircea, leur hôtesse, prend l'enfant des bras de sa fille et la pose à terre en lui disant quelque chose en roumain. La petite Roxana la regarde étonnée et reste accrochée à cette mère nourricière de transit en lui enlaçant les jambes alors qu'elle essaie de la diriger gentiment vers Judith. Mais l'enfant résiste et la serre encore plus fort.

Alexandru se mêle de la partie et tout le monde semble lui donner des instructions dans une cacophonie où Judith ne comprend que le mot *mama.* Existe-t-il d'ailleurs une langue où ce mot serait incompréhensible ? Elle n'ose pas bouger. Elle s'accroche à son stupide et infamant paquet de bonbons. Comment la mère venant de Paris qu'on tente de lui imposer n'a rien prévu de mieux ? Est-ce cela la classe parisienne si réputée dans le monde ? Même pas une Tour Eiffel en boule de neige ou en porte-clés ? Quel manque d'imagination ! Cela commence bien ! Pourquoi devrais-je me précipiter dans ces bras-là qui ne se tendent même pas et qui semblent même paralysés ? Qu'est-ce que c'est que cette histoire de « maman vient te chercher » ? Ça c'est bon pour Disney mais dans la vraie vie les choses ne se passent pas ainsi. Cela fait quatre mois que je vis dans cette famille et je m'y sens bien. Fini cet affreux dortoir où l'on était si nombreux que personne n'avait le temps de s'occuper de moi. La preuve, je continue à m'endormir toute seule en m'auto-berçant de droite à gauche sans rien demander à personne. Je ne suis vraiment pas dérangeante. D'ailleurs, le propre des enfants abandonnés c'est de ne pas l'être et d'avoir appris à se rendre invisibles. Ils sont gentils avec moi ces gens chez qui je suis. Certes ils le font peut-être pour de l'argent mais je ne peux pas leur en vouloir, ils en ont si peu. Même leurs grands enfants sont attentionnés. Ils me prennent souvent dans leurs bras et jouent quelquefois avec moi après leurs devoirs.

Alors qu'est-ce qu'elle me veut cette dame parfumée avec ses beaux habits ?

Elle croit que je vais lui sauter au cou sous prétexte qu'elle me tend un bonbon ? Non, je ne vais pas me faire avoir ni par son sourire ni par son allure, même si elle a l'air plutôt douce. Et puis, elle ne parle même pas ma langue.

La mère de famille lui offre une tasse de café. Roxana semble s'être calmée et se réjouit d'être le centre d'intérêt. Elle a lâché les jambes salvatrices et s'est placée au centre du salon qui est si petit qu'elle pourrait toucher les genoux de chacun. Elle ramasse son panier d'osier dans lequel se bousculent trois balles de couleur en plastique dont deux rayées de bandes blanches et vertes. Elle prend la plus petite, la rouge, et se tourne en direction de Judith, s'en approche tout en restant suffisamment éloignée pour ne pas pouvoir être attrapée. Elle ne l'a pas quittée du regard.

Elle se fige en face d'elle, la bouche ouverte et tire légèrement la langue sur le côté comme si elle cherchait à s'appliquer, puis soudain lance la balle et vise avec succès sa tasse de café. Elle semble ravie du résultat car le café a giclé partout, constellant de taches le pull de Judith.

Ils sont maintenant cinq à la fixer et elle ne peut pas encore interpréter leur regard. Est-ce qu'ils sont aussi contents qu'elle du résultat ? Pas sûr à écouter les reproches qui lui sont distillés ici ou là. Elle se demande si ce n'est pas le moment opportun pour se mettre à pleurer et ainsi se disculper. Son visage commence à grimacer ; elle va éclater en sanglots au moment même où Judith éclate de rire, prenant son faux chagrin de court. Car en fait elle sent Roxana ravie de son habileté. Elle s'est entraînée plein de fois devant des tasses vides. Mais ce test grandeur nature est un must. Ouf, sauvée !

Cette déclaration de rire ne vaut-elle pas toutes les déclarations d'amour comme premier échange ? Ce rire semble lui dire : je ne sais pas si je suis douée pour le reste mais pour l'humour, tu peux compter sur moi. Depuis le temps que je ris seule ; tu veux bien être ma copine de rire ?

Pour toi, je suis prête à sauter à mots joints dans des flaques de dérision en éclaboussant tout notre entourage pour que tout nous paraisse léger, tes contrariétés comme mes soucis.

Judith lui tend les bras dans lesquels elle se précipite, renversant tout le paquet de bonbons. Elles sont toutes les deux à huit pattes par terre sur la moquette élimée pour les ramasser. À chaque bonbon, Roxana a le droit à un baiser. C'est un bon tarif. Une dame qui rit de vos sottises et vous embrasse pour si peu fera sûrement une mère très acceptable. Et puis comptez sur moi pour l'éduquer. Naturellement, je me doute bien que c'est à elle de signer la première pour dire aux juges qu'elle me prend pour fille.

D'ailleurs à mon âge, on ne sait pas signer ; on ne peut faire que des dessins. Alors, je lui en ferai un beau, une tortue. Il paraît qu'elle les aime beaucoup. Moi aussi. Je n'ai que deux ans et j'ai déjà eu plusieurs toits sur mon dos mais pas encore une seule maison. Alors, qu'est-ce qu'elle attend cette belle dame pour signer ? Dommage qu'on ne demande jamais l'avis des enfants. Tant pis, je le donne quand même mon accord.

35

Et des signatures, Judith en a fait avant de repartir, avec application et en essayant de ne pas se contredire car elles ne sont jamais identiques. Elle n'a rien vu de Bucarest. Elle se souviendra seulement de ces chiens errants tout autour de son hôtel quand elle est sortie faire quelques pas avant qu'Alexandru vienne la chercher. Le tourisme ce sera pour une autre fois lorsqu'elle sera moins dans l'urgence. Une déclaration d'acceptation, lui a-t-il traduit en lui tendant une feuille, et elle s'est amusée en tant qu'avocate de se montrer si peu exigeante sur le contenu des documents qu'il lui soumettait et qu'elle a signés en les relisant à peine.

Ils doivent être validés par un notaire après. Comment ça après ? C'est que mon avion est à 14h30 et c'est le seul de la journée. Donc pas le temps de me rendre encore à son étude. Eh bien justement le voici, il vient prendre un café avec nous. On dirait le notaire du *Malade imaginaire* auquel Béline fait appel. Il surgit au moment opportun où l'on prononce son nom pour recueillir sa signature en vérifiant de façon distraite son identité. Mais il ne porte ni postiche ni fausse barbe. On est bien loin du formalisme parisien, mais après tout, le système a l'air de fonctionner et d'avoir une apparente légalité.

Elle est dans l'avion du retour et se repasse en boucle les moments qu'elle vient de vivre. Elle sort la photo de Roxana et le bouchon de la bouteille de vin *Prince Mattei* avec lequel ils ont trinqué dans le restaurant de Sinaia où ils se sont finalement arrêtés pour déjeuner sur le chemin du retour, comme il lui avait indiqué. Elle l'a trouvé excellent ce vin et a tenu à garder le bouchon comme un talisman dédié à cette première rencontre. Elle se souvient avoir beaucoup parlé et ri pour se libérer de tant d'émotions accumulées en si peu de temps, encouragée par un groupe de musiciens qui rythmait sa joie par des chants folkloriques.

« Nous sommes un peuple gai, tu sais, et on aime bien célébrer la vie comme ça pour rien.

– Eh bien célébrons-la ! À Roxana. Et merci à toi de m'avoir accompagnée. J'ai vu que tu as pris plein de photos. Si tu as la gentillesse de me les envoyer.

– Bien sûr, compte sur moi. Tu ne pouvais pas penser à tout la première fois. »

Bien vu. Effectivement, elle n'a pas pensé à grand-chose pour la bonne raison qu'elle ignorait que ce serait la première fois. Et c'était sans doute mieux ainsi de ne pas savoir à quoi s'attendre. Elle avait plutôt imaginé devoir se rendre dans un orphelinat où des dizaines d'enfants lui auraient tendu les bras et elle se serait dit *pourquoi pas elle ou lui ?* Elle aurait détesté avoir à choisir. Elle veut bien jouer à la loterie mais elle ne veut pas avoir le choix du lot. Maintenant qu'elle l'a vue, l'évidence de ce lien s'impose à elle. Il lui faut juste encore un peu de temps pour coudre le cordon ombilical.

« *Multumesc.* »

Dans cet endroit, au milieu de ces gens qui interrompent leur dégustation pour reprendre en chœur les chants traditionnels de ce trio de musiciens, c'est le mot qu'elle a eu le plus envie de répéter. *Multumesc, à chacun d'entre vous,* comme si tous avaient pris part à son nouveau bonheur, semble-t-elle dire en levant son verre en direction de la salle. *Ionesco, un de vos plus grands auteurs, n'a-t-il pas dit que « seul l'éphémère dure » ?*

36

Elle a bien sûr tout raconté à ses parents dès son arrivée. Avec leur éternelle bienveillance, ils se sont montrés insatiables de détails.

« Raconte encore qu'est-ce qu'elle a fait avant de mettre la balle dans ta tasse ? Est-ce qu'elle parle ?

– Oui maman, elle dit *bila* pour désigner les balles. Je ne sais pas si c'est du roumain, en tout cas c'est son langage à elle.

– Elle est très mignonne ! Fais voir encore. Des beaux yeux… comme toi ? C'est vrai que vous vous ressemblez. J'ai des photos de toi au même âge… Je vais te les ressortir. Bon il faudra quand même lui changer sa coupe de cheveux. Mais tu as le temps pour ça. Rien qu'avec quelques vêtements de ton choix, tu verras comme elle aura l'air parisienne.

– Tu veux dire qu'à deux ans on peut déjà avoir l'air snob ? »

Elles ont ri et se sont embrassées toutes les deux phrases. Le père les a laissées se raconter leurs histoires de femmes. Il allait être grand-père pour la deuxième fois et celle-là au moins habiterait près de chez lui. Il n'aurait pas besoin de parcourir huit mille kilomètres pour la faire glisser sur un toboggan. Cela lui suffisait. Et si sa femme et sa fille étaient heureuses, alors le reste n'était que de l'ordre du détail.

« Prochaine étape ? s'est-il contenté de demander avant de se retirer.

– Une première décision de justice constatant mon acceptation suivie d'une deuxième me conférant les droits liés à l'adoption plénière, si j'ai bien compris. Puis il faudra laisser passer le délai de recours.

– Qui pourrait faire un recours ? » a-t-il dit en haussant les épaules.

Mais il avait préféré ne pas attendre la réponse.

« Après tout, c'est toi l'avocate. Tu comprends mieux que moi. »

Elle s'est contentée de sourire. Rien n'était moins sûr. Est-ce qu'un médecin est le mieux placé pour se soigner ? Elle n'a d'ailleurs posé aucune question à Alexandru de peur de ne pas assumer la réponse. Elle a préféré suivre le mantra familial : elle verrait bien.

Elle reste intimement persuadée que ce parcours sera un sans faute. Pessoa n'a-t-il pas dit « qu'il existe des moments inoubliables, des choses inexplicables et des personnes incomparables ». Ce qu'elle vivait devait être de cet ordre.

« Quand est-ce que j'y retourne ? Mais je viens à peine de rentrer », a-t-elle répondu à Sandrine quand elle l'a appelée pour lui raconter et la remercier encore de ce cadeau immense qu'elle lui avait fait alors qu'elles se connaissaient à peine.

Elle sait qu'elle n'aura jamais rien à lui offrir en retour de cette valeur. Il y a des dettes qu'on contracte à vie mais qui ont l'avantage de n'être jamais exigibles.

« Dans un mois, je pense. Il faut que je voie avec Alexandru parce que c'est la balade pour y aller, comme tu sais. Et de toute façon, je n'ai pas le droit de la voir seule. On ne sait jamais, je pourrais l'enlever. »

Elles ont ri à cette remarque, Sandrine ne pouvant que confirmer cette impression de méfiance que traduit souvent l'attitude de Viorica.

« Tu vas voir la prochaine fois, elle va te flanquer une garde-chiourme de la fondation. Là, tu n'as eu le droit qu'à la famille d'accueil mais tu vas être placée en liberté semi-surveillée.

– Pas grave, je m'adapterai. Je suis si heureuse. Mais chut ! se reprit-elle comme si elle allait attirer l'esprit malin.

– C'est vrai que tout cela relève d'une grande part de chance, ne put qu'approuver Sandrine.

– Il ne faut pas parler de chance. »

C'est un mot qu'elle ne prononce jamais de peur qu'il ne s'autodétruise.

37

« Il est inutile de me fixer comme ça. Non, je ne suis pas enceinte. Je ne suis pas folle non plus. »

C'est au tour d'Olga de célébrer son anniversaire et à Judith de lui organiser comme prévu une fausse surprise. Un nouveau restaurant dans le 6e arrondissement réservé juste avant son départ en Roumanie. Maintenant, cette date lui sert de référence. Il y a les jours d'avant Bucarest et ceux d'après Brasov. Et cette pendule qui s'est arrêtée à 17h08 quand Viorica lui a tendu la photo qui trône désormais dans sa bibliothèque. Depuis, elle en a reçu plein d'autres, celles promises par Alexandru. D'ailleurs, elle a placé les deux exemplaires de ses ouvrages de droit civil qu'il a rédigés et lui a dédicacés juste à côté. Sa mère lui a offert un album pour pouvoir coller tous ces trophées, sur lequel Judith a écrit en première page, *tout commence avec toi.* Elle a pris soin d'en garder une avec elle pour la montrer à ses amies.

Elles sont arrivées toutes les quatre presqu'en même temps. Et elle n'a même pas attendu qu'elles passent leur commande. Elle a mis la photo dans l'assiette d'Olga.

« Fais passer à ta voisine après. C'est mon cadeau. »

Olga regarde incrédule.

« Elle est mignonne, qui est-ce ? »

Elle ne veut pas se lancer dans des pronostics hasardeux. Elle tend la photo à Béa.

« Ah oui, mignonne… mais la bouche, ah la bouche !

– Eh bien quoi la bouche ?

– Statistiquement, celles qui ont les lèvres fines sont souvent des solitaires qui ont du mal à se lier aux autres.

– Tu gardes tes statistiques pour tes clients et au passage, je ne crois pas t'avoir commandé une enquête. »

Ses trois amies se regardent et Laurence en profite pour jeter à son tour un coup d'œil à la photo. Sa grossesse est maintenant très visible. Elle se tient le ventre et dit :

« Comment tu peux dire des généralités aussi absurdes, Béa. Je ne sais pas qui c'est, mais elle est très mignonne cette petite fille. »

Et comme elle l'a fait avec son compagnon, Judith se lance et raconte son histoire d'une traite, avec la version enrichie de son voyage en Roumanie. Elle commence à être rodée avec ces épisodes qu'elle doit débiter d'un coup pour ne pas lasser ses interlocuteurs avant la fin. Elle a anticipé déjà leur moue dépitée et craint qu'elles ne lui retournent sa copie avec la mention « folie furieuse » tamponnée en rouge. D'ailleurs, elle n'a aucune envie de passer devant un jury pour connaître la viabilité de son projet, ni le livrer aux conjectures de ses camarades. Il n'y a que l'insignifiance qui mérite d'être débattue ; l'essentiel doit échapper aux palabres. Ce sont elles à présent qui la fixent et leur émotion est palpable.

Laurence, qui n'a pas cessé en l'écoutant de se caresser le ventre comme si c'était elle la mère porteuse, se met à pleurer. Olga saisit Judith par les épaules en répétant « mais c'est merveilleux – vraiment merveilleux ». Béa hoche la tête et on la sent en recherche de la réaction adéquate après sa désastreuse sortie sur la bouche de Roxana.

« Ah ça pour une nouvelle, tu nous scotches.

– Bravo ma Judith. On est fières de toi », ponctue Olga.

On dirait les encouragements d'une mère américaine quand son fils débarrasse son assiette après qu'elle lui a demandé une dizaine de fois de le faire et l'a menacé de le priver de jouer avec son jeu vidéo préféré.

« Effectivement, c'est déjà une bonne étape, tempère Béa. Puis très vite rajoute : Mais tu as encore le temps d'en faire un. Il ne serait pas d'accord ton jules ? »

Elle a dit cette phrase sur le même ton qu'on conseille à quelqu'un d'aller vite au magasin avant qu'il ne ferme pour retirer la marchandise commandée. Elle n'a pas compris que ce n'est pas un problème de stock mais de désir. *Merci pour le conseil, mais précisément je n'ai pas envie de le faire. C'est un autre concept qui me guide et ne me dis surtout pas que « toi, tu ne le ferais pas » parce que ce n'est pas de toi dont il s'agit mais bien de moi.* Judith a dû le penser si fort qu'elles n'ont pas osé surenchérir.

Laurence a même passé toute la suite du repas à rêver que son dernier, celui à naître, puisse jouer avec Roxana pour qui il sera sans aucun doute un grand frère protecteur. Judith n'a pas voulu lui expliquer à ce stade que c'est la sienne qui serait son aînée et même de plusieurs années. C'est tout juste si elle ne lui a pas conseillé d'aller l'inscrire à la crèche sans attendre le dessert.

Elles ont toutes ri et leur joie lui a fait du bien.

Béa a retenu ses données sur les potentialités traumatiques chez les enfants adoptés et sa prévention contre les orphelinats roumains. Sa fiche était sûrement prête mais elle avait l'air sincèrement heureuse pour elle.

Elle n'a quand même pas pu s'empêcher de rajouter :

« Mais on croyait que tu ne supportais pas les enfants. »

Judith n'a pas répondu que c'était plutôt ses commentaires qu'elle ne supportait pas.

Ne reconnaît-on pas une véritable amie à celle qui n'enchaîne pas chacune de ses phrases par « moi, j'en serais incapable ». *Eh bien, cela tombe bien parce qu'on ne te le demande pas, de même que ce n'est pas toi qui vas porter la veste que j'essaie et dans laquelle tu ne te verrais pas.*

Elle a conservé sa réponse pour une autre fois. L'heure était à la grâce. Elle se sent en état d'absolution universelle.

38

Heureusement, les vacances judiciaires d'été se profilaient et avec elles, cette ambiance si caractéristique à l'approche du mois de juillet, quand les magistrats sont épuisés, les avocats énervés, et les clients surexcités. Une atmosphère électrique en mode apocalyptique où chacun se demande comment il va pouvoir gérer ce temps de suspension réglementaire où il ne se passera rien ou pas grand-chose.

Alors les avocats introduisent à la hâte des procédures hasardeuses en invoquant l'urgence d'une situation qu'ils auraient pu traiter calmement quelques semaines plus tôt s'ils s'étaient tout simplement mieux organisés, tancés par leurs clients qui ne leur laissent plus le choix.

Judith essaie de vivre à peu près normalement, malgré ces moments où son esprit s'échappe et l'entraîne en Roumanie. Elle y est d'ailleurs retournée et comme Sandrine l'avait prévenue, elle ne s'est pas étonnée de voir une personne de la fondation roumaine assister à cette nouvelle rencontre avec Roxana, flanquée d'une pédopsychiatre qui est venue s'assurer de l'état de l'enfant et peut-être aussi de celui de la mère postulante.

Comme la première fois, la petite s'est saisie de son panier d'osier rempli de ses trois *bila* et elle a encore visé la tasse à café de Judith en signe de reconnaissance. Mais cette fois, la chance n'était pas de son côté et la balle n'a pas atteint son objectif. C'est Judith qui l'a ramassée et placée dans sa tasse elle-même en éclatant de rire.

« C'est que faire des bêtises nécessite de la concentration et une certaine dextérité, ma chérie », lui a-t-elle dit en l'enlaçant sans retenue.

La pédiatre, une femme à la cinquantaine aux cheveux courts peroxydés avec un visage angulaire, se veut efficace, rajuste ses lunettes avant de délivrer son diagnostic :

« La petite va très bien, mais vous, vous n'êtes pas au point si vous l'encouragez à faire ce genre de choses. »

Et c'est Judith qui s'est surprise à rougir et à s'excuser en pensant qu'elle a sûrement raison mais qu'elle trouvera sa voie toute seule après des errements indispensables. *C'est que, voyez-vous,* a-t-elle envie de lui dire, *quand on accouche d'un bébé de deux ans qui sait déjà marcher et comprendre vos intentions, il est sûrement normal d'avancer soi-même à tâtons.*

Mais elle ne lui en veut pas d'afficher un air sévère. D'ailleurs, elle a été tentée de demander à Alexandru de lui trouver quelqu'un d'indépendant qui vienne avec elle pour lui confirmer qu'il n'y avait pas de problème majeur de santé.

« Viorica n'apprécierait pas que tu fasses cette démarche de ton côté, lui a-t-il asséné. Ne cherche pas à prendre des initiatives sans lui en parler. Tu dois lui faire confiance. »

Et elle s'est ralliée à son avis et a laissé Viorica lui organiser cette visite. Évidemment elle n'a pas pensé que c'est elle qui se retrouverait évaluée.

« En tout cas, j'admire votre français », s'est défaussée Judith, espérant l'amadouer afin qu'elle lui rehausse sa note.

La pédiatre semble ne pas entendre et se livre encore à plusieurs tests sur l'enfant. Elle prend des notes et tient à rester manifestement très professionnelle quitte à se montrer très rébarbative. Sûrement un reliquat de la période communiste qui lui fait adopter cette attitude abrupte où la psychologie n'était sûrement pas une priorité.

« J'ai fait une partie de mes études à Montpellier, lui précise-t-elle sans la regarder, comme si elle semblait avoir compris ce qui se passe dans sa tête et pour mettre tous ses préjugés en déroute. Puis elle range son bloc dans son sac et se tourne vers elle : Félicitations, elle est vraiment très vive. Je vous souhaite plein de bonheur. »

C'est la première fois qu'elle la voit sourire et elle l'absout de tout immédiatement.

« Mais rappelez-vous qu'il faut être ferme et ne pas tout lui passer sous prétexte qu'elle est adoptée. D'accord ? »

Et comme elle lui tend la main pour la saluer ou pour recueillir sa promesse de fermeté dans son éducation à venir, Judith la tire chaleureusement par les épaules et l'embrasse :

« Merci d'être venue, docteur. Promis, je me souviendrai de vos conseils. »

Elle a failli dire consignes mais a préféré utiliser un adoucisseur.

39

Elle lui a raconté cette scène-là choisie parmi tant d'autres car désormais elle souhaite partager avec lui son vécu comme il se déroule. Elle sait que ce qui est de l'ordre de l'intime ne l'intéresse pas. Elle vise l'essentiel même si précisément c'est tout ce que ce récit recèle d'infiniment petit qui en constitue sa force. Elle ne peut pas séparer le détail de l'émotion surtout quand elle voit sa fille se demander encore qui elle peut bien être. Judith voit aussi que ses gestes balbutiants de mère sont scrutés par toutes ces personnes disposées en arc-en-ciel autour d'elle dans le minuscule salon chaque fois qu'elle va les visiter. Elles observent ce lien naissant comme on regarde évoluer deux acrobates au-dessus des spectateurs qui tremblent à l'idée qu'un des deux ne lâche le filin sans être certain d'être rattrapé. Tout le monde fait de son mieux.

Mircea ne manque pas de renvoyer à chaque fois la petite vers Judith quand elle reste trop longtemps près d'elle. Sous ses traits mal dégrossis, elle a des réactions justes et c'est ce qui la rassure chaque fois qu'elle doit repartir et laisser Roxana jusqu'à sa prochaine visite. Autant de temps perdu pour toutes les deux. Elle en est déjà à son troisième enfant qu'elle héberge pour quelques *lei* roumains pour compléter les fins de mois. Alors elle les connaît ces regards timides de futurs parents qui arrivent les bras chargés de cadeaux, en général sans avoir oublié sa propre famille, et qui n'osent pas se montrer trop envahissants. De toute façon la fondation ne leur accorde qu'un temps limité pour éviter tout dérangement et délègue une employée pour veiller au respect des règles et peut-être aussi pour prévenir toute tentation de démarche corruptive.

Elle a beau être jeune et paraître inoffensive, elle sait qu'elle aussi rapportera sans doute à Viorica le moindre de ses faits et gestes.

Roxana entend les deux enfants de Mircea l'appeler *mama*. Mais contrairement à leur mère, la sienne ne reste jamais très longtemps et n'arrête pas de repartir.

Alors à quoi reconnaît-on une vraie *mama* ? Est-ce par les bras chargés de beaux vêtements comme ce pantalon en velours bleu marine et ce pull turquoise où pend encore son étiquette qu'elle lui a apportés ? À moins que ce soit à la joie de les avoir choisis pour elle ? Mais elle n'était pas là pour la voir radieuse raconter à la vendeuse que c'était pour sa fille qu'elle n'allait pas tarder à ramener avec elle.

Ou est-ce par ce singe malingre au pelage si doux avec ses deux jambes qui s'agitent qu'elle lui a collé dans les mains en le nommant *Doudou* alors que son vieux chiffon qui traîne partout et qu'elle met sous son nez en suçant son pouce n'a pas démérité depuis sa naissance ?

Non, cela ne doit pas être tout ça qui définit une mère, mais plutôt ce parfum unique qui se niche dans les plis de son cou et qu'on est la seule à pouvoir respirer ou à moins que ce soit par ces propos émollients prononcés à mi-lèvres qui adoucissent les petites misères. Elle verra bien. Elle a encore du temps pour trouver sa propre définition.

40

« Et Bucarest ? Comment tu as trouvé ? lui a-t-il soudain demandé comme si le tourisme était l'objectif premier de son voyage et que le reste relevait de l'émotionnel, décidément un registre où il se sent mal à l'aise. Alors elle a parlé de sa visite rapide de la ville – car à chaque fois, elle ne dispose que de quelques heures avant de reprendre son avion – qu'elle a faite à pied et qui l'a menée de la Place de la Révolution aux ruelles de la vieille ville pleine des fantômes de dignitaires ottomans du temps où Bucarest était la capitale de la Valachie.

– Quand comptes-tu y retourner ?

– Autant de fois que nécessaire. »

Elle n'a pas précisé si le nécessaire était d'ordre administratif ou affectif mais dans son inconscient il signifie jusqu'à ce que Roxana se précipite sur elle au premier coup de sonnette sans avoir besoin au préalable de viser sa tasse de café avec une balle ni d'ouvrir ses paquets sauvagement.

En temps normal, c'est toujours lui qui écourte leurs conversations par un « ciao » inadapté à une oreille amoureuse. Elle l'imagine pouvoir reprendre immédiatement une activité courante, comme peut-être en appeler une autre, après avoir conclu par ce ciao libérateur. Mais ce soir, c'est elle qui prononce la première ce ciao absurde et ridicule, et le dit même deux fois, *ciao ciao,* pour le rendre encore plus anodin, signe de son empressement à vouloir retrouver en pensées sa Roxana et son regard aspirateur de tendresse.

Elle s'endort sur son canapé après avoir regardé pour la énième fois son album de photos. Elles ont déjà quelques souvenirs en commun, des frôlements fixés sur papier glacé.

Des inquiétudes venues de dossiers en cours s'intercalent dans sa rêverie. Ce métier est décidément son meilleur exorcisme, son exutoire à l'agressivité qui lui manque, la tempête qui souffle sur son microclimat intérieur. Il la soigne des maladies qu'elle n'a pas contractées dans l'enfance tant l'amour qu'elle a reçu l'a protégée de tout, même de l'ambition. Et même s'il l'écrase quelquefois par la lourdeur de la charge à laquelle il la soumet, ce soir elle en congédie les tourments par ce ciao désinvolte et salvateur.

41

Cela fait tellement longtemps que Judith ne l'a pas vu. Quand ses parents l'ont prévenue que son frère était de passage à Paris, elle leur a dit qu'elle viendrait dîner vendredi. Elle a besoin de venir respirer un peu de l'odeur de la tanière familiale et se régénérer à la douceur irréversible de sa mère. Elle n'a pas son pareil pour lui apporter du réconfort brodé aux petits points. Elle espère dans l'avenir produire cet effet sur sa propre fille.

Elle en a un peu assez de se retrouver en fin de semaine avec la seule compagnie des bruits bourgeois de ses voisins de palier. Toutes les copropriétés ont leur ratio d'indifférence sûrement calculé sur le droit ouvert par chaque tantième à limiter les relations au strict nécessaire et à quelques échanges polis.

Son frère n'a pas changé. Cela doit faire au moins deux ans qu'ils ne se sont pas vus. Il travaille dans un cabinet d'audit à Sacramento. La dernière fois, il était en Arizona, pour cette même société. Ses parents essaient d'aller le voir régulièrement pour trouver la séparation moins longue et plus acceptable. Avec toutes ses démarches et ses allers-retours en Roumanie, elle n'a pas vu passer l'année et voilà comment on se retrouve sans se voir pendant deux ans, pense-t-elle en sonnant chez ses parents. C'est énorme pour elle. Petite, elle n'aurait jamais pu imaginer pouvoir laisser passer autant de temps sans aller à sa rencontre.

Ils ont toujours eu une relation très pudique l'un vis-à-vis de l'autre. Leurs échanges portent essentiellement sur des sujets d'actualité ou des centres d'intérêt commun comme la musique entre autres, rarement sur eux-mêmes.

Elle a quand même décidé de lui faire part de sa décision d'adopter maintenant qu'elle arrive au bout du processus. Elle ne peut décemment pas le lui annoncer quand Roxana sera enfin à Paris, même s'il ne s'est pas gêné pour les informer très tardivement de la grossesse de sa femme.

Il est venu seul sans son fils, ce que ses parents regrettent sûrement mais il leur a promis qu'ils viendraient l'année prochaine tous les trois ensemble. Cela tombe bien car Judith espère pouvoir leur présenter Roxana à cette occasion.

Pour l'heure, elle pense que leurs parents ne lui ont rien dit à son sujet. Eux-mêmes évitent de se transformer en agents de renseignements et les laissent libres de traiter leurs informations personnelles à leur guise pour ne pas interférer. Ils sont incroyables de discrétion et de modernité. Judith pense qu'ils sont capables de tout entendre et de tout comprendre à partir du moment où cela vient d'un de leurs enfants. Elle admire leur indulgence à toutes leurs tentatives innovantes qui pourraient les laisser perplexes. En tout cas, ils ne sont jamais dans le jugement ou dans le reproche sous-jacent. Leur éventuelle désapprobation se cantonne à un simple étonnement.

Si Judith n'a jamais pensé qu'elle et son frère étaient les enfants rêvés, elle est certaine qu'eux sont les parents idéaux. Toujours prêts à les soutenir et à s'enflammer pour un de leurs projets. Elle suppose que c'est cela la plus belle preuve d'amour parental. Faire croire que l'idée est géniale et qu'on y adhère totalement même si elle est totalement étrangère à ce qu'ils sont.

Elle se souvient, en en riant encore, de sa période où elle voulait, s'il lui arrivait quelque chose, être enterrée dans un cimetière pour animaux et qu'il soit lu des passages du *Livre de l'intranquillité* à son enterrement. Elle trouvait agréable l'idée de la compagnie de chiens ou de chats pour l'éternité. Elle avait même chargé Olga d'expliquer ce point de vue à ses parents au cas où.

Olga l'avait regardée d'un air perplexe et lui avait demandé de laisser plutôt un écrit qu'elle leur remettrait en indiquant bien « à n'ouvrir qu'à ma mort » pour ne pas être suspectée de complicité dans cette idée loufoque. Depuis, elle a renoncé à cette sépulture hasardeuse pour ne retenir que sa volonté d'être accompagnée par les mots de Pessoa pour sacrement.

Elle a encore un grand sourire quand elle pénètre dans l'appartement familial où rien n'a changé depuis leur départ respectif. Aucun aménagement n'a été apporté à leurs chambres, les murs de la sienne étant toujours recouverts des posters d'Ava Gardner.

Sa mère l'étreint de son regard laser qui voit immédiatement tous ses niveaux intérieurs. Elle sait en une seconde la quantité de liquide qui manque à ses réservoirs internes. Elle sent surtout si elle est en surchauffe ou en plein refroidissement.

« Entre, ma chérie, ton frère t'attend. Il est content de te voir. Nous aussi bien sûr. »

En une phrase, elle donne les clés de la paix familiale. Elle n'a pas dit qu'il était heureux de la voir car cela ne fait pas partie de son vocabulaire. Elle a simplement dit qu'il était content. Contrairement à elle, il ne monte jamais très haut ni ne descend très bas. Donc il ne peut être que content quand quelque chose lui fait plaisir.

Il a la bouche encore badigeonnée de la mousse au chocolat que leur mère a faite à son intention, comme lorsqu'ils étaient enfants et qu'elle le faisait juge de la qualité du dessert. Il ne prend même pas la peine de s'essuyer et donne à sa sœur une accolade à l'américaine sans l'embrasser, en lui tapotant le dos en guise de démonstration affectueuse. Manifestement, il souscrit à tous les rites de son pays d'adoption.

Son français aussi a perdu de son lustre et s'est largement appauvri ou enrichi de franglais selon ses dires. Peu importe, il est là dans ce salon et elle a l'impression immédiate qu'ils sont enfin au complet.

«*So what's new*?» lui demande-t-il en guise de préliminaire.

Elle ne se sent pas autorisée à ce stade à lui balancer tout de suite son dossier d'adoption sur la table. Elle a surtout un besoin de reconquête et c'est sûrement pour ça qu'elle a mis un certain temps à se préparer avant de venir. En fait, cela doit être une manie chez elle, s'est-elle dit en se regardant pour la énième fois dans le miroir en lissant son teint et vérifiant que son rouge à lèvres n'avait pas débordé, de toujours avoir besoin de séduire et de surprendre. Finalement, sa relation à son frère n'a été qu'un long apprentissage depuis son enfance à ne pas décevoir. Sacré exercice d'entraînement qu'elle répète grandeur nature dans sa relation aux hommes et même aux femmes si elle réfléchit bien. D'où sûrement son désir d'être enterrée parmi des animaux pour ne pas continuer à s'épuiser une fois morte. Et même avec eux, elle croit bien que c'est elle qui tend le plus souvent la patte la première.

Elle commence par lui demander des nouvelles des Kings de Sacramento. Elle a lu quelque part qu'ils étaient en rivalité avec les Lakers et que les deux franchises luttaient pour les premières places de la ligue. Elle a même vu que l'entraîneur qualifiait la ville de «*Cow Town*». Elle lui demande son avis sur la question et si c'est vrai qu'il prépare son équipe en projetant des images plutôt agressives. Elle réalise qu'elle a fait très fort, au regard étonné de son frère.

«C'est quelque chose dont vous discutez en France?»

Il a posé cette question avec un fort accent américain. Mais elle pense avoir réussi son coup.

«Non, bien sûr que non, dit-elle en riant. C'est moi qui m'intéresse et qui me documente.»

Elle sait qu'elle le bluffe. Il lui promet de l'emmener à un match lors de sa prochaine visite. Elle espère qu'il aura oublié d'ici là mais elle n'est de toute façon pas près d'aller aux États-Unis avec une petite fille de deux ans et quelques. Quoique cela pourrait être bien de l'habituer tout de suite aux dérèglements du monde et qu'elle entende comment les gens se traitent sur des terrains de sport. Elle pourra ainsi être totalement au point quand elle ira à la crèche pour se positionner vis-à-vis des autres enfants.

Elle sait qu'elle n'est jamais aussi proche de lui que lorsqu'elle s'intéresse à la politique américaine. Alors elle lui pose deux ou trois questions sur Clinton et essaie d'éviter l'affaire Lewinsky parce que, le connaissant, ça doit passablement l'énerver qu'on perde du temps et de l'argent avec ce genre d'enfantillage.

Bon, elle fait un effort parce qu'elle, cela l'amuse plus que de connaître l'état des relations de Clinton avec Jean-Paul II. Mais elle essaie de ne commettre aucune erreur.

Le dîner est prêt et elle se sent l'envie furieuse de redevenir l'enfant de sept ans qu'elle a été autour de cette table à condition qu'on ne l'envoie pas se coucher trop tôt. Elle regarde ses parents et ne sait pas si elle doit les trouver vieux. Ils n'ont jamais eu véritablement d'âge pour elle. Elle espère que sa fille pensera la même chose en la regardant car plus de trente-huit ans les séparent. Elle souhaite surtout que comme elle, elle ait aussi besoin de ce couple d'inaltérables et de leur interminable amour avec leurs gestes simples qui la mettent en sûreté. Elle regarde sa mère aller et venir chercher les plats et les traiter tous en invités. Elle a ce mélange d'élégance discrète et de simplicité. Rien n'est clinquant chez elle, ni dans son apparence ni dans ses désirs.

Elle sait se satisfaire du moment surtout quand il est aussi intense que celui-là. Elle n'a besoin de rien d'autre ni même que sa fille se décide enfin à utiliser le torchon qu'elle tient dans la main et qui lui sert d'alibi pour se tenir à ses côtés et pouvoir lui parler. Elle ne se plaint jamais de tout ce que sa fille n'est pas et accueille ses confidences d'un « je t'aime et te comprends » en guise de bénédiction.

Ils sont repassés au salon. Il fallait qu'elle garde leur conversation vivante et qu'elle puisse lui caser entre deux bouchées de mousse au chocolat son histoire d'adoption. Mais au moment où elle amorce un « j'ai un truc à... », il vient de retrouver son circuit électrique Märklin avec lequel il est inutile d'entrer en compétition et pour lequel Judith était tenue d'être le chef de gare quand ils étaient enfants. Il ne fallait pas qu'elle fasse d'erreur d'aiguillage sous peine d'être lourdement sanctionnée. Elle se retrouve à quelque trente ans d'écart dans la même situation. Le voilà en train de tourner le commutateur et elle voit son visage s'illuminer quand la locomotive noire qui tracte un wagonnet chargé de charbon et les voitures pour voyageurs couleur rouge et acier se met en mouvement. Il a conservé, sagement empilées, les boîtes vertes et bleues marquées du sceau Märklin comme un club auquel les enfants gâtés sont fiers d'appartenir. Bien sûr, ses parents ont laissé cette décoration insolite serpenter autour de la table basse, une façon de les maintenir près d'eux en toutes circonstances.

Et sa joie à chaque Noël quand une de ces boîtes venait compléter sa collection! Judith devait alors, toutes affaires cessantes, se présenter à la station de la gare pour reprendre immédiatement son poste.

Finalement, elle s'en sortait mieux qu'avec un autre de ses jeux préférés qui consistait à lui faire tenir des boîtiers et à lui envoyer des décharges électriques pour faire avancer la science, prétendait-il.

« Même pas mal », avait-elle l'habitude de dire avec un air bravache alors qu'elle ressentait le picotement désagréable dans ses doigts sous l'air goguenard de son frère qui rajoutait des doses progressives de courant.

Mais à cet instant, lui allongé sur le ventre à même le sol et scrutant les roues de ses engins miniatures, et elle, assise, les jambes sur le côté, un sifflet à la bouche, elle doit donner le top du départ en bon chef de gare qu'elle est redevenue. Il rit aux éclats car elle a ressorti sa casquette de fonction et s'époumone:

« Attention m'ssieurs dames, le train va partir. Éloignez-vous de la bordure du quai! »

Leurs parents rient aussi. Ils sont heureux et son frère tourne le commutateur lentement d'abord, puis plus vite jusqu'à ce que le train atteigne sa vitesse de croisière. Il reste concentré jusqu'au moment où Judith commet une faute majeure. Au passage sous son nez du train, elle se met soudainement à crier:

« Tchou-tchou! » Elle aurait pourtant dû se souvenir que le « mieux est l'ennemi du bien » car il la regarde à présent courroucé.

« Pourquoi tu cries tchou-tchou? C'est ridicule, c'est un train électrique, pas à vapeur! »

Et voilà! En voulant le séduire pour la énième fois, elle l'a agacé comme toujours. Elle est comme Salomé qui tout à coup se prendrait les pieds dans son septième voile en pleine séance d'effeuillage.

Confucius a dit que « la vraie faute est celle qu'on ne corrige pas ». Elle propose de remettre sa démission devant une telle maladresse. À ce moment-là, elle a sept ans et lui dix et elle est prête à n'importe quoi pour ne pas qu'il la renvoie jouer seule dans sa chambre.

Elle lui propose une partie de Cluedo en échange. Il adore ça et trouve toujours avant elle le coupable. Il fait la moue ; manifestement, il n'a pas envie de se transformer en détective et peut-être que cela ne l'amuse plus de toujours gagner. C'est sûrement cela vieillir. Elle se relève alors, aide sa mère à débarrasser et revient avec un atout majeur qu'elle a gardé dans sa manche, un joker imparable, un sachet de marrons glacés de la Marquise de Sévigné qu'elle agite sous son nez. C'est sa friandise préférée comme le flan pour elle, un bonheur pour toutes les saisons.

Elle a droit à une grimace qu'elle prend pour un sourire. Il se décide à venir s'asseoir près d'elle sur le canapé et lui dit :

« Et sinon ? »

Voilà, c'est au mieux ce à quoi elle peut prétendre comme fenêtre de tir pour parler d'elle, cet espace-temps d'un dixième de seconde où elle peut être le sujet principal. Sa mère la regarde du coin de l'œil, s'éclipse dans la cuisine pendant que son père allume la télévision pour regarder le match de foot France-Italie du championnat d'Europe qui se tient ce 2 juillet à Rotterdam. Leur présence l'a empêché de le faire trop tôt, mais il n'est plus question de le priver davantage de ce plaisir.

Son frère ne cède pas à cet engouement car il n'aime que le football américain. De toute façon, il suffit de mettre le qualificatif américain pour rallier son adhésion.

Judith pressent que c'est son grand moment, la possibilité de pousser le contre-ut qui va assurer sa célébrité. Attention pas de digression, droit au but car pour l'instant il la regarde, mais si elle tarde trop et une fois sa dernière bouchée avalée, il va trouver une autre occupation.

Et alors qu'il défait méticuleusement le papier doré qui entoure le marron, elle ajuste son tir et lui dit :

« Sinon ? J'ai entrepris une procédure d'adoption. »

On dirait un communiqué de presse à la télévision soviétique, énoncé par une speakerine à la solde du pouvoir et qui débite des informations invérifiables.

Elle a la tête droite et les mains sur les genoux qu'elle sent soudain devenir moites. Et là, son père tout absorbé par son match s'énerve :

« Mais qu'est-ce qu'Henry fait tout seul. Oh là, là, incroyable, seul contre six. Carton jaune ! »

Il a porté ses mains à sa tête et a rejeté son buste en arrière. Il a l'air des supporters quand les choses ne tournent pas comme ils veulent et qui sont exagérément contrariés.

C'est drôle comment le sport peut quelquefois singer la vie. Parce que précisément elle se sent comme Henry, seule contre tous, en essayant de prendre de vitesse l'indifférence de son frère pour lui arracher un point.

Elle a peur à présent qu'il préfère finalement aller rejoindre leur père sur le canapé, plus pour échapper à ses confidences que pour lui tenir compagnie.

Mais il ne bouge pas. Il fixe le prochain marron glacé, le regard rivé sur le paquet et d'une bouche gluante lui dit :

« Encore un autre chat ? Pourquoi ? Gribouille est mort ? »

Voilà, il ne la prend jamais au sérieux ni quand il lui envoie du courant ni quand elle dit qu'elle adopte. Il ne la juge capable que d'actes anodins et un peu absurdes comme celui de prendre chat sur chat pour améliorer sa santé psychique ou son rythme cardiaque.

Mais elle va lui prouver qu'elle est un peu moins prévisible qu'il ne le pense et lui avoue en riant que son adoption porte bien cette fois sur un enfant.

Il a l'air surpris et comme disent les Suisses « déçu en bien ». Il marque un temps d'arrêt, pour faire remonter l'information au niveau de son hippocampe et elle voit que la fonction stockage de son cerveau s'active.

C'est le moment que choisit Delvecchio pour plonger aux six mètres pour marquer un but.

« Oh là là, se lamente cette fois encore son père, dommage ! Desailly et Blanc n'ont pas pu le couper. »

Moi aussi, papa, je n'ai pas envie d'être coupée, a-t-elle envie de crier. Au moment où elle s'apprête à franchir le poteau avec une demi-longueur d'avance, elle se heurte au but de Delvecchio.

Son frère sourit en désignant leur père d'un coup de menton. Et lui, le taiseux, l'avare en gestes démonstratifs, qui préfère le silence à tout commentaire, elle le sent pour la première fois de la soirée heureux d'être avec eux. Un retour glorieux : *E.T. Home,* l'extraterrestre semble lui tendre alors son index pour toucher le sien avant de lui dire avec un regard fraternel plein de tendresse :

« C'est peut-être la meilleure idée que tu aies eue depuis que je te connais. »

Ce soir-là, la France a remporté la coupe d'Europe en gagnant 2 à 1 et Judith, dans son refuge familial, a su à cet instant qu'elle allait emporter aussi le match de sa vie. Alors, elle a repris sa casquette de chef de gare, l'a rabattue sur ses yeux pour qu'ils ne la voient pas pleurer.

42

Judith tient en mains l'enveloppe matelassée qu'elle vient de trouver dans sa boîte aux lettres en rentrant plus tôt ce jour-là. L'adresse a été rédigée d'une écriture malhabile et tremblotante tracée par une personne étrangère qui a recopié des grosses lettres formées avec la peur de les priver de sens. Elle ne se précipite pas pour l'ouvrir et attend d'être assise pour officier. Elle a reconnu le timbre du Palais Cantacuzino et surtout ses battements de cœur qui accompagnent chacun de ses pas jusqu'à son bureau. Il fait encore assez frais en ce début d'avril et elle prend la peine d'ôter son manteau qu'elle pose sur le dossier d'une chaise. En la tâtant, elle a compris à son format qu'il s'agissait d'un document important. D'ailleurs, il lui était signalé comme tel sur l'enveloppe. Elle s'installe à son bureau sur laquelle trône une photo de Roxana, une parmi des dizaines qu'elle malaxe de son regard. Celle-là a été prise lors de son dernier déplacement, il y a déjà quatre semaines. On l'avait autorisée à la sortir et elle portait le petit anorak gris bordé de fausse fourrure qu'elle lui avait acheté sur le conseil de la même vendeuse qui dorénavant connaît toute l'histoire et s'émeut avec elle dès qu'elle la voit entrer dans le magasin.

Roxana est juste à côté de sa photo de prestation de serment. Elle peut se réjouir de n'avoir pas beaucoup changé depuis ce jour de juin 1980 surprise par un photographe officiel adoubé par le Palais et qui en a capté toute la solennité du moment. Il a figé à jamais sa bouche en cul-de-poule au moment où s'échappait la formule sacramentelle censée faire d'elle une professionnelle du boniment, toisée par un jeune confrère qui s'apprêtait à ses côtés à rendre à son tour l'instant éternel, un nœud papillon blanc fixé juste au-dessus de son rabat, espérant sans doute se distinguer par un ton plus emphatique dans le prononcé de son serment. Non, elle n'a pas trop changé. Toujours la même raie de côté et la mèche sur le front ondulant à contre-courant de la mode, ses yeux vert clair surlignés par un trait d'eyeliner. Le maquillage est plutôt moins chargé, l'allégé étant dans l'air du temps.

Elle se souvient de ce jour magnifique où devant la première chambre de la Cour d'appel, elle a levé sa main droite en disant « je le jure » sous l'œil ému de ses chers parents qui se serraient dans la galerie du premier étage, pensant que cette formule avait été inventée pour son usage unique. Tous les autres qui la prononceraient ce jour-là ne pourraient être que des usurpateurs. Cela fait longtemps qu'elle ne l'a pas regardée cette photo comme elle le fait à cet instant alors qu'elle passe habituellement devant sans lui accorder un peu de temps. Celui que l'on consacre furtivement aux souvenirs pour ne pas se laisser prendre par la nostalgie qui s'en dégage.

Elle est presque en apnée. Elle veille à ne pas risquer de faire le moindre accroc à cette enveloppe. Gribouille lui a sauté sur les genoux et lui réclame son lot de tendresse juste pour lui rappeler qu'il était là avant et qu'il n'est pas question de le rétrograder de place dans ses affections.

Elle en a pourtant lu des centaines de décisions judiciaires de toutes les tonalités, des dissidentes aux contrariantes, des avenantes et des désespérantes, mais ce qu'elle sait par expérience, c'est que plus elles sont brèves, plus elles expriment une évidence. C'est une remarque qu'elle s'est fait il y a longtemps. Qu'elles lui soient favorables ou pas, elles claquent de vérité en leur énoncé. Et encore une fois, celle-ci n'échappe pas à la règle :

« En conséquence, prononçons l'adoption plénière avec toutes ses conséquences de droit. »

Qu'en peu de mots l'essentiel est exprimé ; on vient de lui délivrer un permis d'aimer sans réserve, une autorisation de s'inquiéter pour un être plus important que soi. Et le mot joint d'Alexandru qui lui dit juste « Appelle-moi que je t'explique la suite » à laquelle était annexée sa note d'honoraires. Un chiffre global, forfaitaire, sans aucun détail ni explication. Elle ne peut s'empêcher de sourire en pensant que dorénavant elle comprend ses clients quand ils reçoivent la sienne sauf qu'elle a toujours prévenu, expliqué et beaucoup justifié. Peu importe le montant qui est toujours trop élevé pour celui qui s'en acquitte, elle est prête à lui régler le double pour services rendus.

Elle l'appelle immédiatement et après une sonnerie, c'est lui qui décroche :

« Alexandru, je viens de recevoir la décision. C'est vraiment merveilleux. *Multumesc !*

– Encore un petit délai à respecter et on pourra transmettre le dossier à l'ambassade. »

L'adjectif « petit » permet de réduire la violence de la nouvelle : un petit délai, une petite maladie, un petit mot. On est censé ne retenir que le mot petit.

« L'ambassade ?

– Oui, il faut qu'ils s'assurent que tout est bien conforme pour te délivrer un passeport en règle.

– Et ils pourraient s'y opposer ? »

Derrière ce « ils » si impersonnel, elle voit une armée de fonctionnaires scrutant la faille ou prêts à demander des documents complémentaires qui en retarderaient l'issue. Elle a posé la question enfreignant sa sacro-sainte règle de ne jamais interroger quand la réponse lui paraît difficilement assumable.

« Pas de problème, tout est en ordre. Ce sera juste une question de coups de tampon. »

Cette remarque la renvoie à toutes ces familles qui au cours de l'histoire ont eu leur destin lié à ces autorisations qui décidaient de leur sort. Leur vie dépendait de la qualité d'une encre et d'une apparence de légalité.

Calme, calme, Judith, on ne mélange pas tout. Tout est sous contrôle. Oui mais de qui ?

« Je prévois de venir quand la chercher ? préfère-t-elle demander avec un certain détachement.

– Je te rappellerai pour te le dire. *La revedere.*

– *La revedere*… Mais fais vite. »

43

« Au fait, tu dois prendre possession de la marchandise quand ? »

Il lui a posé cette question en lui resservant une rasade de Gevrey-Chambertin en en mettant toute une partie à côté du verre avec sa façon brusque et démesurée de faire les choses. Il ne calibre rien ; il ne verse pas, il inonde. Tout doit être abondant.

Elle sourit.

« La marchandise est encore sous douane. Il paraît qu'il manque encore quelques coups de tampon pour avoir le droit d'être exportée. »

Elle s'étonne elle-même de pouvoir plaisanter de cette façon mais elle s'adapte à son ton à lui. Il lui en a très peu reparlé, juste pour se tenir informé de loin en loin. Pour l'instant ce n'est que son histoire à elle et elle sait que c'est à lui de décider de la place qu'il souhaite occuper. Dans quelle proportion ? À lui de la définir. Quelques heures ? Un temps partiel ?

Elle ne se doute pas et lui sûrement encore moins que quelque vingt années plus tard, au seuil de la vieillesse il demandera à adopter Roxana à son tour et déclarera à un tribunal composé de trois femmes attentives avoir toujours été là du bac à sable au baccalauréat, précisera-t-il – le toboggan du Champ de Mars s'en souvient encore. Il ne sait pas que Roxana répondra tout aussi simplement à une question d'une assesseure lui demandant si elle a quelque chose à rajouter :

« Que voulez-vous que je rajoute ? C'est mon père. »

Et ces trois juges aux yeux humectés par l'émotion chercheront dans un code civil quel article appliquer à cet amour-là qui en serait l'exacte traduction juridique. Et comme pour Judith, ils rendront la décision la plus courte du monde et autoriseront sa fille à accoler son patronyme à lui.

Mais quand elle soulève son verre, elle ignore tout ça. Elle sait juste qu'elle n'a rien à redouter de ce visage doux et puissant qui lui donne l'envie de suivre la chronologie des jours sans en sauter aucun.

44

Cette fois son voyage ne sera pas juste pour passer un peu de temps avec elle dans un séjour encadré et chronométré. La décision roumaine est passée par les fourches caudines de l'administration française et elle va pouvoir récupérer son passeport qui ne porte aucune mention de l'adoption et qui la fait apparaître comme sa fille. Elle n'a pas tout compris de ce tour de passe-passe mais elle verra plus tard les détails. De toute façon, il n'est pas question de mentir à sa fille et de la laisser dans l'ignorance de la réalité de sa filiation, mais ce n'est pas non plus sa préoccupation du moment. Le plus important c'est sa check-list et surtout ne rien oublier car tout est essentiel : couches-culottes, vêtements de rechange, chaussons-chaussettes et surtout la précieuse poussette qu'Olga vient de lui prêter en se moquant gentiment d'elle :

« Je suis sûre que tu ne vas penser qu'à ta trousse de maquillage. Tu sais qu'à deux ans et dix mois, ça se fatigue vite un enfant. »

Pour le reste, elle ne s'encombre pas de choses inutiles car en fait, elle a tout sur elle : ses bras pour la serrer, ses lèvres pour l'embrasser et dans sa tête, tous les mots qu'elle ne comprendra pas mais qui sauront la rassurer. Bien sûr, elle n'a pas oublié les « *picaillas* », comme elle appelle ses canards en plastique ni les bonbons cajoleurs. *Profites-en,* se dit-elle, *car quand tu seras vraiment avec moi, je t'interdirai ces friandises, du moins en théorie.*

Comme toujours quand elle part, elle laisse derrière elle un appartement bien rangé, visitable par n'importe qui comme un appartement témoin.

Et pourtant elle a hâte à présent de trébucher sur un jouet sonore qui aura échappé à sa vigilance et d'être défiée par une coccinelle multicolore qui lui déclinera les chiffres jusqu'à cinq.

Olga et Laurence lui ont fourni un stock de comptines pour se familiariser avec des départs d'histoires et des fins à improviser pour sommeil tardif.

Elle a préparé une jolie chambre en optimisant l'espace et en attendant le choix des personnages fétiches qu'elle se choisira pour la décorer. Pour l'instant elle se contente de son inséparable panier en osier et de ses trois balles en plastique et des quelques jouets que Judith a apportés, au cours de ses voyages. Elle ne sait pas encore que le grand coffre en bois clair est rempli de plein d'indispensables pour parents gâtés.

Tiens, se dit-elle, je suis finalement plus traditionnelle qu'il n'y paraît. Alors que moi, je transformerai bien ma cuisine en bibliothèque, j'impose déjà à ma fille de jouer à la cuisinette.

Elle a rajouté des jeux pour créer et pour découvrir, ceux pour inventer son monde, bricoler son univers et surtout pour le redessiner pour qu'enfin il lui ressemble.

C'est Béa qui en passant un soir lui a ordonné de mettre une boîte à création avec de la colle, des cartons, des ficelles, de la peinture, des ciseaux à bout rond et du papier journal.

« Tout le reste tu peux le balancer, lui a-t-elle asséné avec son goût coutumier pour la nuance. Pour les livres, n'en fais pas qu'un instrument de savoir. Commence par celui-là. »

Elle lui a tendu un livre à toucher avec des pages cartonnées et des surfaces pelucheuses sur des animaux qui demandent à être caressés.

« Je te conseille de transformer les mots en souvenirs, lui a-t-elle encore conseillé.

– Tu les colles dans un cahier et ils seront associés à un bon moment. C'est prouvé. »

Elle n'a fourni aucun pourcentage avec sa phrase. Judith a acquiescé et s'est emparée du livre tactile avec très peu de mots et beaucoup de matières agréables. Après tout, les mots aussi méritent d'être caressés.

Encore un dernier coup d'œil pour constater avec satisfaction que tout est prêt. Rien n'a été laissé au hasard. Même les draps à motifs de papillons assortis à la frise sont déjà disposés dans le lit à barreau. La petite table de bois clair et son indissociable chaise à pieds croisés attendent de recueillir ses premiers coups de ciseaux et ses boules de pâtes à modeler.

Mais ce qui la remplit de joie, ce n'est pas l'harmonie de cette décoration ni le bonheur extrême qu'elle a eu à en sélectionner chaque élément, mais bien le cheval à bascule en bois qu'elle chevauchait dans son enfance et que sa mère a extirpé d'une housse enfouie dans sa cave et qui se tient fier au milieu de la chambre, prêt à reprendre du service et à être à nouveau malmené.

Elle ignorait qu'elle l'avait conservé. Elle est venue elle-même le lui livrer en lui avouant qu'elle l'avait toujours gardé en espérant bien qu'il resserve un jour. Elles ont ri et pleuré à la fois et Judith a même fait mine d'enfourcher l'objet sacré dans l'espoir d'en retrouver les sensations. La force d'un objet ou d'une phrase ne réside-t-elle pas dans la possibilité qu'ils offrent de se renouveler et de donner à voir ou à entendre autre chose ?

45

Prête, elle ne l'a jamais été autant quand elle part pour quelques jours à Bucarest. Cette fois elle n'aura pas à aller jusqu'en Transylvanie car Roxana a été déplacée chez une autre personne, le temps de ce court séjour pour lui permettre de faire toutes les démarches auprès de l'ambassade.

Les jours qui ont précédé, elle s'est sentie très nerveuse. Heureusement, elle s'est défoulée lors de sa dernière plaidoirie sur une succession contestée pour laquelle elle a arraché un sourire du tribunal lorsqu'elle a suggéré une quote-part au mérite en fonction du temps consacré par chaque enfant à ses parents. Elle se souvient en sortant avoir roulé sa robe en boule et s'être dit que la prochaine fois qu'elle la redéplierait, elle aurait sa fille qui l'attendrait chez elle. Et ce sentiment lui fut à la fois délicieux et vertigineux.

Elle est partie avec un lot de recommandations plus ou moins sobres sur ce qu'il convenait de faire ou de vérifier.

Alexandru est absent cette fois-ci, ce qui l'arrange bien car il n'est pas question de la divertir par un repas pris en dehors de la compagnie de sa fille. De toute façon, ils se sont sûrement déjà tout dit. Le reste se jouera ailleurs.

Elle doit encore remercier Viorica et lui faire des promesses.

Oui elle la tiendra au courant de l'évolution de la petite.

Très bien, c'est mieux de couper les ponts avec cette famille d'accueil, même s'ils ont été très gentils et qu'elle aurait aimé mieux les remercier et pourquoi pas inviter les deux adolescents à Paris.

Surtout pas, lui a intimé Viorica. Et Judith a compris qu'il fallait encore une fois se plier à ses dernières injonctions. Peut-être que c'est elle qui a raison. Elle a pour elle l'expérience de ces parents reconnaissants à jamais qui veulent faire du zèle et maintenir sûrement des relations biaisées. De même, elle a suivi son conseil de ne pas faire semblant de lui parler avec les quelques mots de roumain appris en toute hâte et qu'elle prononce sûrement incorrectement. « Elle est ta fille, lui a-t-elle répété, alors comporte-toi avec naturel et surtout avec toutes tes composantes à toi. »

Elle lit pourtant avec tendresse les suggestions de nourriture que lui a griffonnées Mircea et qui ont été traduites dans un anglais maladroit : des saucisses au petit déjeuner, des harengs au déjeuner et des biscuits avec du lait au goûter. Judith est convaincue qu'il est temps de l'habituer à autre chose. C'est ce qu'elle essaie de faire comprendre à cette femme de transit chez qui elle doit s'installer jusqu'à l'obtention du fameux passeport. Elle n'est pas encore tout à fait libre de pouvoir faire les choses à sa guise et se sent sous surveillance dans cet étroit trois pièces où elle s'efforce de ne pas déranger et de respecter ce que cette dame tente de lui induire avec force gestes car elles n'ont pas de langue commune.

Encore un visage auquel sa fille a dû s'adapter. Un de plus qui s'est penché sur sa courte vie. Mais celui-là en vaut bien d'autres, il n'a pas démérité. Il s'agite comme les autres avec des sourires intermittents sans chaleur particulière car il n'est pas là pour s'attacher.

Judith n'est pas fâchée de la voir s'emparer des couches à sa place et regarde attentivement comment procéder. On sent l'habitude de ces actes simples et efficaces. Finalement, à part l'inquiétude, il lui faut bien admettre qu'elle n'a aucun réflexe de mère.

Elle n'est plus qu'à quelques démarches de la liberté. Encore un passage à l'ambassade de France, une rencontre avec un conseiller et dans deux jours elle pourra passer prendre le fameux sésame qui fera de Roxana une citoyenne française et elle sa mère au sens plein et entier. Une mère comme toutes les autres sans mention indélicate qui viendrait en faire une mère de substitution, bien qu'elle doive partir avec son passeport d'origine.

46

Elle franchit la frontière autant submergée par l'émotion de lui faire quitter son pays de naissance que par la crainte du grain de sable, celui qui peut toujours s'infiltrer dans l'histoire, la grande comme la petite. Et ce douanier à la taille impressionnante et à la carrure massive ne présage rien de bon. Il a pris tous les documents et les examine un à un. Judith se dit qu'il va faire du zèle et lui réclamer la pièce qu'elle n'a pas, celui que son imagination de fonctionnaire lui demandera de produire pour montrer son pouvoir. Façon de lui rappeler que ce beau rêve est à la disposition de son bon vouloir à lui et que rien ne peut se faire sans son accord malgré l'apparente légalité de ces feuilles revêtues de tampons roumains et français et de ces belles traductions assermentées.

Le pouvoir de nuire rend important. Il suffit de signifier à l'autre qu'on peut l'utiliser. Même pas besoin de se montrer menaçant. Comme c'est jouissif de pouvoir opposer sa propre grille de lecture presque avec nonchalance, avec un visage absent.

Ce n'est pas le moment de faire le catalogue raisonné de ses angoisses. Aussi le regarde-t-elle droit dans les yeux lorsqu'il sort soudain de sa guérite et qu'il promène son regard de Roxana, tranquillement installée dans la poussette, à Judith qui le fixe pour tenter d'anticiper l'instant suivant et de distiller au passage un peu d'humain dans cet échange silencieux.

Au bout de quelques minutes éprouvantes, il lui rend les documents et lui dit en français contre toute attente : « que Dieu vous bénisse ».

On ne sait jamais de quelles lèvres la bonté comme la haine peuvent surgir.

Elle prononce alors son dernier *multumesc* d'une voix étranglée.

Puis, sans se retourner, elle passe le portique de sécurité avec sa fille, qu'elle vient d'installer bien au chaud dans sa poche mentale à l'instar d'un bébé kangourou, comme une évidence. Cette fois, plus rien ne les empêchera désormais de sauter ensemble, et la hauteur des sauts ne dépend plus que d'elles deux.

47

Les parents viennent de repartir ainsi qu'Olga qui les a mitraillés avec son objectif sans qu'ils s'en soient vraiment rendu compte, bien trop occupés à guetter les premières réactions de Roxana dans son nouvel appartement. Elle a pensé avec sa délicatesse habituelle à leur permettre de se remémorer chaque instant depuis son arrivée avec une succession d'images, presque une chronophotographie pour en restituer chaque mouvement.

Judith est à présent seule pour la première fois avec sa fille qui a rejoint les draps papillons qu'elle essaie de gratter dans son nouveau lit avec la certitude d'être enfin chez elle. Elle n'a pas encore fait le tour de sa chambre ni découvert tous les trésors que recèle le coffre en bois. Elle s'est contentée de l'escalader sans penser à l'ouvrir. C'était sûrement plus drôle. Elle a juste enfourché le cheval à bascule entre deux éclats de rire et Judith a eu beaucoup de mal à l'en faire descendre.

Il faut en laisser pour demain. C'est déjà énorme ce qui s'est passé en une journée. Peu d'adultes pourraient faire face à un tel déferlement d'émotions et avoir encore envie de continuer la partie. Il est grand temps d'aller dormir. Quelle énergie ! Cela promet. Il va falloir suivre et être au taquet ma grande – elle a failli se dire *ma vieille*. Parce qu'elle s'en fiche Roxana de tes plaidoiries, de tes heures de lecture et de ta petite vie en général. C'est à quatre pattes qu'elle te veut. À recommencer sans cesse la même chose et sans défaillir avec les mêmes exclamations et enthousiasmes qu'au premier tour. Tu voulais une copine de rire ? *Here, she is.* Et une tonique qui ne s'encombre pas de tes formulations ampoulées pour trouver sa place. Elle la prend et c'est aux autres de s'effacer. Maintenant, on passe à la phase concrète. Elle est bien là en vrai et pour toujours.

Elle a fini par s'endormir, après s'être balancée seule de droite à gauche comme elle le fait depuis sa naissance pour trouver le sommeil. Il faudra lui expliquer qu'elle a enfin sa mère pour la bercer et pour tout le reste et qu'elle n'a plus besoin de trouver par elle-même tous les ressorts de son bien-être. Elle a quelqu'un dont c'est la fonction et qui ne demande que ça de tout prévoir et de ne laisser aucun de ses désirs en attente au point de risquer d'en faire trop vite une enfant ordinaire. Il paraît que c'est même le but qu'elle recherche, qu'on ne puisse pas deviner sa spécificité, son originalité, alors qu'elle est si débrouillarde et si unique quand elle s'empare avec sauvagerie des jouets des autres, des casquettes qu'elle arrache ainsi que les lunettes qu'elle trouve à son goût, sans aucun signe avant-coureur de son rapt, ou quand elle se rue sur les biberons et sur tout ce qui passe à portée de sa bouche. Attendre? Pour quoi faire? N'ai-je pas trop attendu? *Si je ne suis pas pour moi, qui le sera?...* Même les microbes passent leur chemin car elle est immunisée contre la plupart des bactéries qui atteignent ceux de son âge. Oui mais voilà, à quoi ça va lui servir maintenant d'avoir été cernée à l'orphelinat par des dizaines d'appareils respiratoires infectés et avoir habitué son organisme à lutter au point qu'il flingue tout ce qui abat les autres?

Alors, mama Judith, laisse-moi être la résiliente que je suis devenue au prix de tant de choses et je t'en prie, ne fais pas de moi avec ta débauche de bons et grandioses sentiments un mollusque en quête d'une surface lisse pour s'agripper.

Contente-toi de me rejoindre le soir lorsque tu reviendras d'un concert pour lequel tu auras accepté de troquer mes sourires enjôleurs pour l'*andante moderato* d'une symphonie de Mahler. Tu rentreras encore titubante du bonheur de cet instant de prière où tu auras associé ma présence dans ta vie à la beauté sacrée des notes de musique que tu auras entendues. Puis, tu viendras me voir dans ma chambre espérant secrètement que je me réveille pour que nous restions côte à côte à nous raconter nos soirées séparées jusqu'à ce que la fatigue nous engourdisse et que dormir devienne la solution raisonnable pour mieux nous retrouver le lendemain.

Vous serez tous les deux, toi et Lui, à me regarder grandir et à accueillir mes questions avec vos milliers de réponses préparées pour moi depuis le temps que vous répétez.

Tu n'es pas étonnée que je dise « vous »? Oui, j'ai bien compris qu'il venait demain pour faire ma connaissance et qu'il t'a laissée cette première journée rien que pour toi. Ne t'inquiète pas, je ne vais pas le décevoir et il ne va pas tarder à avoir de plus en plus de mal à nous quitter. Ah oui bien sûr que cela me paraît normal que vous vous présentiez à deux maintenant. Même si je ne connais pas encore tous les détails de votre histoire, je crois en tout cas qu'elle me plaira, parce qu'elle est comme la mienne, faite de bric et de broc, qu'elle remonte le temps à contre-courant et qu'elle n'a pour cohérence que le sens que nous lui donnerons tous les trois au fur et à mesure que nous la vivrons.

Tu me portes en toi depuis tant d'années que je me demande même si je ne suis pas née avant toi. Je sais que tu m'admires pour ma capacité à engloutir le monde avant même de le connaître et parce que rien ne m'étonne de ce que tu as à m'apprendre. C'est le lot des enfants comme moi qui savent d'instinct ce que d'autres mettent tant d'efforts à acquérir. Grâce à moi, tu ne laisseras plus filer ta vie comme des jeux blancs d'une partie de tennis. Nous en disputerons au contraire chaque point pour gagner ensemble la partie.

Je sais que tu te délectes de mes phrases prononcées dans un français balbutiant et des mots que j'invente, rien que pour te voir sourire. Ne fais pas l'effort de m'aimer ; je saurai attendre ce moment-là comme tu as su m'attendre. Ne t'inquiète pas et ne lutte pas contre le temps, tu risquerais de t'épuiser. Rassure-toi, tu me plais assez pour que j'aie toujours envie de t'appeler maman.

Tout commence avec toi. Dans l'intimité de nos habitudes partagées, et dans la bienveillance de ton regard attentif qui réduit mes chagrins en poudre de fumée, à travers la canopée d'amour que tu crées au-dessus de nos têtes, je t'entends déjà me murmurer : *Roxana, mon cœur, s'il te plaît, adopte-moi.*

Mes remerciements

À Sophie Rossier, Iuna Allioux et Aline Lehmann, mes éditrices, qui m'ont gratifiée de leurs précieux conseils et de leur confiance, à Sandrine pour son amitié bienveillante et son enthousiasme, à Thérésa et Béatrice pour leurs commentaires avisés et leur chaleureuse présence, à Sergiu et Nadine sans qui l'histoire n'existerait pas, et à ma famille et mes amis, comme une évidence.